Hacia la belleza

David Foenkinos

Hacia la belleza

Traducción del francés de Regina López Muñoz

Papel certificado por el Forest Stewardship Council®

Título original: *Vers la beauté*
Primera edición en castellano: febrero de 2019

Printed in Spain – Impreso en España

ISBN: 978-84-204-3481-0
Depósito legal: B-28878-2018

Compuesto en MT Color & Diseño, S. L.
Impreso en Unigraf, Móstoles (Madrid)

AL 3 4 8 1 0

Penguin
Random House
Grupo Editorial

Primera parte

1

El Museo de Orsay, en París, es una antigua estación. El pasado deposita así una huella insólita en el presente. Entre los Manet y los Monet, podemos dejarnos llevar e imaginar los trenes llegando en medio de los cuadros. Ahora los viajes son de otro tipo. Quizás algunos visitantes vieron a Antoine Duris aquel día, inmóvil en la plaza de la entrada. Parece caído del cielo, estupefacto de estar allí. Estupefacción, esa es la palabra que mejor puede caracterizar su sensación en ese instante.

2

Antoine había llegado muy temprano a su cita con la responsable de recursos humanos. Desde hacía varios días, su mente se concentraba por completo en la entrevista. Aquel museo era el lugar donde él quería estar. Se dirigió con paso tranquilo a la entrada de personal. Por teléfono, Mathilde Mattel le había precisado que no tomara el camino de los visitantes. Un vigilante lo detuvo:

—¿Tiene usted tarjeta de acceso?

—No, pero me esperan.

—¿Quién?

—...

—¿Quién lo espera?

—Perdone... Tengo cita con la señora Mattel.

—Muy bien. Pase usted por recepción.

—...

Escasos metros más tarde, repitió el motivo de su visita. Una joven examinó una agenda grande y negra:

—¿Es usted el señor Duris?

—Sí.

—¿Me permite un documento de identidad?

—...

Era absurdo. ¿Quién iba a hacerse pasar por él? Cumplió dócilmente, acompañando el gesto con una sonrisa comprensiva para enmascarar su malestar. La entrevista de trabajo parecía haber empezado ya con el vigilante y la telefonista. Había que ser eficaz desde el primer buenos días, ya no se toleraba ni un escueto gracias. Después de comprobar que efectivamente el hombre era Antoine Duris, la joven le indicó el camino a seguir. Tenía que enfilar un pasillo, al final del cual encontraría un ascensor.

—Es fácil, no tiene pérdida —añadió.

Antoine sospechó que, con semejante frase, se perdería con toda seguridad.

En medio del pasillo ya no sabía lo que tenía que hacer. Al otro lado de la cristalera distinguió un cuadro de Gustave Courbet. La belleza es siempre el mejor recurso contra la incertidumbre. Desde hacía semanas luchaba por no hundirse. Sentía que le fallaban las fuerzas, y los dos interrogatorios que ya se habían sucedido le habían exigido un esfuerzo considerable. Sin embargo, únicamente habían consistido en pronunciar unas cuantas palabras, responder a preguntas que no contenían la más mínima trampa. Había retrocedido a un estadio primario de la comprensión del mundo, dejándose invadir a menudo por miedos irracionales. Sentía cada día más las consecuencias de lo que había vivido. ¿Sería capaz de pasar la entrevista con la señora Mattel?

En el ascensor que lo llevaba a la segunda planta, lanzó una mirada furtiva al espejo y se encontró más flaco. Nada extraño, comía menos y a veces se olvidaba de cenar o almorzar. En su descargo, hay que decir que su estómago no se manifestaba. Podía saltarse comidas sin experimentar el menor rugido de tripas, como si su cuerpo ya solo estuviera compuesto de territorios anestesiados. Solo su mente lo empujaba a pensar: «Antoine, tienes que comer». Las personas que sufren se agrupan en dos bandos. Las que resisten mediante el cuerpo y las que resisten mediante la mente. O una cosa o la otra; raras veces se dan las dos.

Nada más salir del ascensor lo recibió una mujer. Habitualmente, Mathilde Mattel esperaba a las personas citadas en su despacho, pero con Antoine Duris había decidido desplazarse. Debía de estar terriblemente ansiosa por saber más de sus motivaciones.

—¿Es usted Antoine Duris? —preguntó pese a todo, para asegurarse.

—Sí. ¿Quiere ver mi carnet de identidad?

—No, no, ¿por qué?

—Me lo han pedido abajo.

—El estado de emergencia. Así son las cosas.

—No se me ocurre quién podría instigar un atentado terrorista contra la directora de recursos humanos del Museo de Orsay.

—Nunca se sabe —respondió ella con una sonrisa.

Lo que podría haber pasado por una ocurrencia y hasta por sentido del humor era, no obstante, una fría constatación por parte de Antoine. Ella hizo un gesto con la mano para indicarle la dirección de su despacho. Se adentraron entonces en un pasillo largo y estrecho donde no se cruzaron con nadie. Sin dejar de seguirla, Antoine pensó que aquella mujer debía de aburrirse mucho en la vida para recibir a potenciales empleados a una hora en la que el resto del personal parecía no haber llegado. No había que buscar la mínima lógica dentro de la logística de los pensamientos de Antoine.

Una vez en el despacho, Mathilde propuso té, café, agua, lo que a él le apeteciera, pero Antoine prefirió decir no, gracias, no, gracias, no, gracias. Así pues, ella arrancó:

—Debo decirle que me ha sorprendido mucho recibir su currículum.

—¿Por qué?

—¿Que por qué? ¿Y usted me lo pregunta? Es usted profesor titular universitario...

—...

—Goza incluso de cierto renombre. Ya he leído algún artículo suyo, me parece. Y se presenta... al puesto de vigilante de sala.

—Sí.

—¿No le resulta extraño?

—No especialmente.

—Me he tomado la libertad de llamar a la ENSBA* —confesó Mathilde al cabo de un momento.

—...

—Me han confirmado que ha decidido usted dejar su trabajo. De la noche a la mañana, así, sin motivo alguno.

—...

—¿Estaba harto de dar clases?

—...

—¿Sufrió... una especie de depresión? Lo comprendo. Cada vez es más habitual que la gente se queme.

—No. No. Quise dejarlo. No hay más. Seguramente volveré dentro de un tiempo, pero...

—Pero ¿qué?

—Mire, señora Mattel, me he presentado a una vacante y me gustaría saber si tengo posibilidades.

---

* Escuela Nacional Superior de Bellas Artes de Lyon.

—¿No se siente sobrecualificado?

—Me gusta el arte. Lo he estudiado, y lo he enseñado, de acuerdo, pero ahora lo que me apetece es sentarme en una sala en medio de los cuadros.

—No es un trabajo relajante. Le hacen preguntas constantemente. Y además aquí, en Orsay, hay muchos turistas. Siempre hay que andarse con ojo.

—Puedo estar un tiempo de prueba, si tiene dudas.

—Necesito personal, porque la semana que viene inauguramos una gran retrospectiva de Modigliani que atraerá a mucha gente. Es todo un acontecimiento.

—Qué apropiado.

—¿Por qué?

—Escribí mi tesis sobre él.

Mathilde no respondió. Antoine había pensado que la revelación jugaría a su favor. Por el contrario, esta parecía acentuar a ojos de la directora de recursos humanos la extrañeza de su proceder. ¿Qué pintaba allí un erudito como él? ¿Estaría diciendo la verdad? Era como una bestia atemorizada, y le parecía que solo la idea de refugiarse en un museo podría salvarlo.

3

En un solo día había rescindido todos sus contratos y entregado las llaves del piso. El propietario le había dicho: «Hay dos meses de preaviso, señor Duris... No puede uno irse por las buenas. No me parece correcto». El hombre había empalmado varias frases en un tono de excesiva desolación. Antoine interrumpió el monólogo: «No se preocupe. Le pagaré los dos meses». Había alquilado una furgoneta en la que había cargado todas sus cajas. Fundamentalmente cajas de libros. Había leído un artículo sobre los japoneses que abandonaban su vida así, de la noche a la mañana. Los llamaban *evaporados*. Tan magnífica palabra casi ocultaba la tragedia de la situación. A menudo se trataba de hombres que se habían quedado sin trabajo y no eran capaces de asumir su declive social en una sociedad basada en las apariencias. Mejor huir y convertirse en indigente que enfrentarse a la mirada de una esposa, de una familia, de los vecinos. Esto no tenía nada que ver con la situación de Antoine, que se encontraba en la cúspide de su carrera, como profesor de mucha experiencia y muy respetado. Todos los años, decenas de estudiantes soñaban con preparar la tesina con él. ¿Entonces? Estaba la ruptura con Louise, pero los meses habían cicatrizado ya esa herida sentimental. Además, todo el mundo sufría por amor. Uno no abandonaba su vida por eso.

Había guardado todas las cajas, y los escasos muebles que poseía, en un trastero en Lyon. Y había cogido el tren a París, sin más carga que una simple maleta. Las primeras noches había dormido en un hotel de dos estrellas cerca de la estación, hasta que encontró un estudio en alquiler en un barrio popular de la capital. No había puesto su nombre en el buzón, ni se había abonado a nada. El gas y la luz estaban a nombre del casero. Ya nadie podía dar con él. Lógicamente, sus más allegados se habían preocupado. Para tranquilizarlos, o más bien para que lo dejaran en paz, había enviado un mensaje colectivo:

Queridos todos:

Lamento profundamente las preocupaciones que haya podido causaros. Estos últimos días han sido tan movidos que no he tenido tiempo de responder a vuestros mensajes. Tranquilos, va todo bien. He decidido repentinamente emprender un largo viaje. Ya sabéis que hace mucho que sueño con escribir una novela, así que me tomo un año sabático y me largo. Sé que podría haber celebrado una fiesta de despedida, pero

14

ha sido todo muy rápido. En aras del proyecto, voy a aislarme del mundo. Ya no tendré teléfono. Os enviaré emails de vez en cuando.

Os quiere,

Antoine

Recibió respuestas de admiración por parte de algunos; otros lo consideraron un poco loco. Pero, en el fondo, era un hombre soltero, sin hijos, tal vez había llegado el momento de que accediera a su sueño. Muchos de sus amigos acabaron por comprenderlo. Antoine leyó las respuestas, sin dar réplica. Su hermana fue la única que no se creyó el mensaje. Éléonore mantenía una relación demasiado estrecha con él como para aceptar que se marchara así, sin tan siquiera cenar con ella una última vez. Sin pasarse a darle un beso a su sobrina, con la que le encantaba jugar. Algo no resultaba lógico. Lo acribilló a mensajes: «Te lo suplico, dime dónde estás. Dime qué es lo que pasa. Soy tu hermana, estoy aquí, por favor, no me dejes así. No me dejes en el silencio...». Fue inútil. No obtuvo respuesta. Lo intentó todo, cambió de tono: «No puedes hacerme esto. Es repugnante. ¡No me creo nada del cuento de la novela!». Multiplicaba los mensajes. Antoine ya no encendía el teléfono. Una sola vez lo hizo y leyó las incontables protestas de su hermana. Solo tenía que escribirle unas palabras, al menos para tranquilizarla. Para decirle algo. ¿Por qué no lo conseguía? Se quedó bloqueado delante de la pantalla durante más de una hora. Era imposible. Empezó a invadirlo una suerte de vergüenza. Una vergüenza de las que te impiden actuar.

Por fin logró responderle: «Necesito un tiempo para mí. Pronto daré señales de vida, pero no estés preocupada. Dale muchos besos a Joséphine. Tu hermano, Antoine». Apagó inmediatamente el teléfono por miedo a que lo llamara nada más leer el mensaje. Como un criminal que teme ser localizado, decidió quitar la tarjeta SIM y guardarla en un cajón. Ya nadie tendría acceso a él. Éléonore sintió alivio al leer el mensaje. Comprendió al instante que todo era mentira, y que redactar aquel puñado de palabras corteses debía de haberle exigido un esfuerzo considerable. Pero eso no mitigaba su inquietud. Saltaba a la vista que la cosa iba mal. Le había sorprendido que firmara «Tu hermano, Antoine». Era la primera vez que empleaba esa fórmula, como si quisiera redefinir su vínculo para darle seguridad. Éléonore ignoraba lo que Antoine estaba viviendo, y por qué se comportaba así, pero sabía que no lo dejaría a su suerte. Lejos de calmarla, el mensaje la reafirmaba en la idea de que tenía que encontrarlo lo antes posible. Necesitaría tiempo y energía, pero lo conseguiría de una manera inesperada.

4

Al salir de su casa, Antoine se cruzó con un vecino. Un hombre sin edad, perdido entre los cuarenta y los sesenta años. Este último lo escudriñó antes de preguntar:

—¿Es usted nuevo? ¿Sustituye a Thibault?

Antoine balbució que sí y anunció que tenía mucha prisa para obstaculizar cualquier impulso interrogativo. ¿Era necesario que nos preguntaran constantemente quiénes éramos, a qué nos dedicábamos, por qué vivíamos aquí y no en otra parte? Desde que había huido, Antoine se daba cuenta de que la vida social nunca se detiene y de que resultaba casi imposible escapar de ella.

En el trabajo, al menos, nadie se fijaría en él. Un vigilante de museo no existe. Deambulamos delante de él con la mirada clavada en el siguiente cuadro. Es un trabajo extraordinario para estar solo en medio de la multitud. Mathilde Mattel le había anunciado, ya al final de la entrevista, que empezaría el lunes siguiente. En el umbral de su despacho había añadido: «Sigo sin entender sus motivos, pero al fin y al cabo podemos considerar que tenerlo en esta casa es una oportunidad para nosotros». Había empleado un tono muy cordial. Para Antoine, aislado del mundo, Mathilde había sido la única persona con quien había entablado una conversación real en más de una semana. El nombre de aquella mujer había adquirido de pronto una importancia desmesurada. Durante los días siguientes pensó varias veces en ella, como quien se concentra en un punto luminoso en medio de la noche. ¿Estaría casada? ¿Tendría hijos? ¿Cómo llega uno a ser director de recursos humanos del Museo de Orsay? ¿Le gustarían las películas de Pasolini, los libros de Gógol, los *Impromptus* de Schubert? Al ver que se dejaba llevar por aquel deseo de saber, Antoine hubo de reconocer que no estaba muerto. La curiosidad delimita el mundo de los vivos del de las sombras.

Antoine estaba sentado en su silla, con su traje color discreción. Lo habían asignado a una de las salas dedicadas a la exposición de Modigliani. Justo enfrente de un retrato de Jeanne Hébuterne. Qué extraña coincidencia. Él que tan bien conocía la vida de aquella mujer, su destino trágico. Aquel primer día la concurrencia era tan densa que no acertaba a observar tranquilamente el lienzo. Los visitantes se lanzaban como locos a ver la retrospectiva. ¿Qué habría pensado el pintor? A Antoine siempre le habían fascinado las vidas de éxito a toro pasado. La gloria, el reconocimiento, el dinero, todo eso llega, pero demasiado tarde; se recompensa a un montón de huesos. Esta excitación póstuma resulta casi perversa cuando conocemos la vida de sufrimientos y humillaciones del artista. ¿Querríamos nosotros vivir nuestra más bella historia de amor a título póstumo? Y Jeanne..., sí, pobre Jeanne. ¿Podía ella imaginar que algún día la gente se daría empujones para ver su rostro confinado para siempre dentro de un marco? Bueno, verla: entreverla, más bien. Antoine no entendía qué interés podía tener contemplar cuadros en semejantes condiciones. Por supuesto, es una oportunidad de acceder a la belleza, pero ¿cuál era el sentido de esa observación en medio de una aglomeración, apurada y angustiada, y parasitada por los comentarios de los demás espectadores? Antoine trataba de escuchar todo cuanto se decía. Había comentarios luminosos, hombres y mujeres realmente conmovidos al descubrir *en directo* esos Modigliani; y otros nefastos. Desde su posición sedente, Antoine iba a recorrer todo el espectro de la sociología humana. Algunos no decían: «He estado en el Museo de Orsay», sino «Me he hecho el Orsay», un verbo que delata una especie de necesidad social; prácticamente una lista de la compra. Esos turistas no vacilaban en emplear la misma expresión para los países: «Me hice Japón el verano pasado...». Así pues, ahora los sitios te los haces. Y cuando vas a Cracovia, te haces Auschwitz.

Los pensamientos de Antoine eran sin duda amargos, pero al menos pensaba; eso suponía salir de la zona letárgica en la que vegetaba desde hacía un tiempo. Gracias a la multitud incesante, escapaba de sí mismo. Las horas habían pasado a una velocidad loca, al contrario que los últimos días, en los que cada minuto se había revestido de un manto de eternidad. Como estudiante de Bellas Artes primero y profesor después, se había pasado la vida en los museos. Allí mismo, en Orsay, se recordaba recorriendo las salas durante tardes enteras. Jamás habría imaginado que regresaría años después en calidad de vigilante. Ese papel le proporcionaba una visión del todo distinta del funcionamiento de un museo. Seguramente, sus vagabundeos actuales le permitirían enriquecer su comprensión del mundo del arte. Pero ¿acaso tenía importancia? ¿Volvería a Lyon sin más un día de estos y retomaría su vida? Nada era menos seguro.

Mientras él se desviaba hacia incertidumbres existenciales, un colega se le acercó. Alain, que así se llamaba, vigilaba el otro lado de la sala. Varias veces a lo largo de la jornada le había dirigido pequeños gestos amistosos. Antoine había respondido mediante la activación de un rictus ínfimo. Los colegas de paso en un mismo trabajo se entendían entre ellos.

—Vaya día, ¿eh? Qué locura... —arrancó, resoplando.

—Sí.

—Ya tenía ganas de que llegara el descanso.

—...

—La verdad, tal y como lo pienso te lo digo. Esta mañana he llegado y he pensado: a ver esto no vendrá mucha gente. Yo no conocía a Modigliani. Sinceramente, el tío..., *chapeau.*

—...

—¿Te apetece tomar una birra después del curro? Estamos molidos, nos sentará bien.

—...

El prototipo de callejón social sin salida. Decir «no» era retratarse como un desagradable. Antoine quedaría señalado, se hablaría de él, lo juzgarían. Y él quería evitar a toda costa causar revuelo. La paradoja era insoportable, pero, para que se olvidaran de él, lo mejor era mezclarse con los demás. La única escapatoria habría sido la invención inmediata de una excusa: una cita importante o una familia que lo esperaba en casa. Pero eso requería cierta capacidad de reacción, un arte instintivo del escaqueo. Todo aquello de lo que Antoine ya no estaba dotado. Cuanto más tiempo tardaba en responder, menos escapatoria tenía. Pese a que su único sueño era volver a casa, al final respondió:

—Muy buena idea.

Dos horas más tarde, los dos hombres se encontraban en la barra de un bar. Antoine bebía una cerveza con un perfecto desconocido. Nada le resultaba natural; hasta el sabor de la cerveza en su garganta era extraño.* El hombre hablaba sin cesar, lo cual representaba el lado bueno de la situación. Antoine no tenía que asumir el más mínimo tema de conversación. Observaba el semblante de su interlocutor, lo que le impedía captar íntegramente sus palabras. A algunas personas les cuesta mirar y escuchar al mismo tiempo; Antoine formaba parte de esta categoría. Alain era tan imponente que parecía extirpado de un bloque de piedra. A pesar de su apariencia basta, sus gestos no eran bruscos; incluso podía afirmarse que eran delicados. Transmitía la impresión de ser un hombre que trataba de refinarse, pero al que le faltaba eso que la gente llama habitualmente «encanto». Sin ser feo, su rostro se asemejaba a una novela cuyas páginas uno no siente las ganas de pasar.

—Pareces distinto al resto —declaró al cabo de un momento.
—¿Ah, sí? —respondió Antoine, ligeramente inquieto ante la idea de que pudiera distinguirse entre la masa.
—Tienes un aire ausente. Estás, pero no estás.
—...
—Hoy te he mirado varias veces, y he visto que tardabas siempre un poco en reaccionar a mis gestos.
—Ah...
—Debes de ser muy soñador, sencillamente. Fíjate, para hacer este trabajo no hay criterios. Es lo bueno. Hay de todo. Estudiantes de arte, artistas, pero también empleados a los que se la suda la pintura. Funcionarios de la silla. Yo un poco formo parte de ese grupo. Antes era vigilante nocturno en un garaje. Estaba hasta las narices de ver coches pasar. La ventaja de los cuadros es que no se mueven.
—...

---

* Parecía como si fuera otra bebida que se hiciera pasar por cerveza; una especie de impostura líquida.

En ese momento, Alain se embarcó en un largo monólogo, la clase de monólogo que quizá dura todavía hasta ahora. Se lo notaba deseoso de compensar una jornada transcurrida en silencio, sentado. Se puso a hablar de su mujer, Odette o Henriette, Antoine no había conseguido retener el nombre pronunciado de pasada. Desde que trabajaba en Orsay, Alain tenía la impresión de que ella lo admiraba más. Y eso lo hacía feliz. Había añadido: «Al final, uno busca constantemente la consideración de la persona amada...». De repente, su tono se había teñido de una pizca de melancolía. Un poco de poesía se ocultaba, tal vez, en los intersticios de aquel físico abrupto. En ese instante, Antoine desconectó por completo, repentinamente arrebatado por un sentimiento paranoico. ¿Por qué aquel hombre lo había observado varias veces durante el día? ¿Qué quería de él? Tal vez no se le hubiera acercado por casualidad. Una idea le rondaba la cabeza. Antoine temía que alguien intentara encontrarlo. No, no, era una hipótesis absurda. Alain trabajaba en el museo desde antes que él. No era plausible. Pero, aun así, había insistido en ir a tomar algo. Antoine sentía que perdía el control de la situación. Ponía en duda cada instante real, hasta el más anodino.

Ahora quería marcharse, interrumpir brutalmente el momento. Pero era imposible; de nuevo la incongruencia de tener que mostrarse lo bastante sociable como para no llamar la atención. A la vez que un miedo incontrolable lo asediaba, intentaba sonreír un poco al azar, siempre en momentos que no cuadraban con las observaciones de Alain. Al cabo de un rato, este último terminó por desenmascararlo:

—Perdona, te estoy aburriendo con mis movidas. Ya veo que no me estás escuchando.

—No, no... No me aburres en absoluto.

—Si quieres, te cuento cosas un poco más graciosas.

—...

—¿Sabes lo que le preguntó un tipo a un colega del Louvre un día?

—No.

—Que dónde estaba la *Gioconda* de Leonardo DiCaprio.

—...

—¡La *Gioconda*... de DiCaprio! Hay cada fenómeno por ahí suelto... Tiene su gracia, ¿no?

—Sí —convino Antoine con voz siniestra.

Se despidieron poco después. Mientras volvía a casa, Antoine se asustó ante la idea de que aquella pequeña salida se convirtiera en el principio de una espiral. Había aceptado por prurito de discreción, pero no se acabaría nunca. Estaba claro que Alain era de los que organizan cenas en su casa para presentar a su señora. Y por fuerza llegaría un momento en que le harían preguntas, demasiadas preguntas. Estaba adentrándose en un terrible callejón sin salida. Tenía que inventarse algo enseguida, quizá una enfermedad grave, o un pariente al borde de la muerte; en cualquier caso, era necesario pensar excusas con antelación. No podía improvisarse así como así el escaqueo de los demás.

5

Al día siguiente por la mañana, Antoine llegó antes de tiempo. Esperó delante de los arcos de seguridad hasta que llegaron los guardas jurado. Ir a un museo es como coger un avión. Depositó las llaves en una bandejita de plástico y pasó por debajo de la puerta metálica sin provocar ningún pitido. Experimentó cierto alivio, pero el guarda preguntó:

—¿Y el teléfono? ¿Dónde está?

—No tengo.

El hombre examinó a Antoine con aire suspicaz. ¿Cómo era posible? No tener teléfono... Definitivamente, los vigilantes de sala eran unos bichos raros: convivían con el pasado sin darse cuenta de que el mundo evolucionaba. Contó enseguida la anécdota a su compañero, que comentó: «No me extraña. ¡Ese guía tiene cara de ser la típica persona a la que nadie llama!». Los dos se rieron sarcásticamente de la réplica, y de la descabellada idea de no tener voluntad de estar localizable.

Antoine se dijo que a partir de entonces tendría que llevar el teléfono encima, aunque fuera desactivado. Era preferible, para pasar desapercibido. Estaba progresando en el arte de la invisibilidad. Al llegar a su sala se encontró solo. Un momento de tregua antes de la invasión. Se acercó al retrato de Jeanne Hébuterne. Qué privilegio, encontrarse cara a cara con una obra maestra de la pintura. Conmovido, susurró unas palabras. No oyó entrar a Mathilde Mattel, quien dedicó un instante a observar a aquel empleado detenido delante de un cuadro; un contagio de la inmovilidad. Al final, preguntó en voz baja:

—¿Le está hablando al cuadro?

—No..., en absoluto —balbució a la vez que se daba la vuelta.

—Con su vida privada puede hacer lo que le plazca. No es asunto mío —dijo ella, sonriendo.

—...

—Quería saber cómo le había ido el primer día.

—Muy bien, creo.

—Esta semana será intensa, y luego se calmará un poco la cosa. Ayer batimos un récord de afluencia. Nos trae usted suerte.

—...

—No es fácil hablar con usted. Deja momentos en blanco constantemente.

—Perdón. Es que no sé qué contestar.

—Bueno, que tenga un buen día.

—Gracias, igualmente... —respondió Antoine, pero ella ya no estaba allí para oírlo. Caminaba demasiado rápido, o bien era él, que tardaba demasiado en reaccionar.

A la mujer no le faltaba razón. Tenía que mostrarse un poco más reactivo. Mathilde actuaba de buena fe, había ido a ver cómo estaba, y él se había quedado allí, suspendido en el vacío. Pero se le antojaba imposible llegar más lejos. Estaba viviendo lo que podría llamarse *una reeducación social*. No era una rodilla defectuosa o una pierna rota lo que lo parasitaba, sino una especie de fractura de la réplica. Cuando le hablaban, era incapaz de responder. Las palabras tardaban en cobrar forma en su mente, vacilantes y torpes, inciertas y enclenques, y eso desembocaba en frases casi inaudibles, o directamente en silencios. Él, que antes hablaba durante horas delante de sus alumnos, atravesaba una convalecencia de la palabra. Él, que tenía la costumbre de ponerse delante de una multitud que absorbía sus exposiciones, sufría ahora cada vocablo que tenía que pronunciar como una prueba insalvable. ¿Sería capaz algún día de explicar a sus allegados lo que sentía? No tenía ni idea de los plazos de su remisión. Siempre era un tiempo autónomo, no sometido ni a la necesidad ni a la voluntad. El cuerpo dominaba a solas su reino, el de las emociones y la duración de las penas.

El día transcurrió a un ritmo idéntico al de la víspera. Su cometido era fundamentalmente velar por que los visitantes no se acercaran demasiado a los cuadros. Había habido un incidente con un estudiante que había derramado una Coca-Cola sobre una obra en un museo estadounidense, una gracia que iba a costar millones de dólares a las aseguradoras. Había que adelantarse, estar ojo avizor. La mayoría de los turistas no le dirigía la palabra, salvo para preguntar por el aseo. Decenas de veces, en ocasiones incluso sin esperar a que le hicieran la pregunta, él indicaba el camino: «Los baños se encuentran en la entrada principal». Una frase que pronunciaba a menudo en inglés, y que pronto aprendería en muchas otras lenguas para ser un buen empleado. Era la preocupación principal de Antoine: hacer bien su trabajo. Cualquier persona mínimamente depresiva conoce ese estado en el que la mente se focaliza de un modo desmesurado en una tarea concreta. Una herida psíquica puede sanar mediante la repetición de un gesto mecánico, como si el mero hecho de actuar, aun de manera ridícula, permitiera reinsertarse en la esfera de los seres humanos útiles.

Antoine había decidido, sin pedir permiso, desplazar ligeramente su silla para observar a gusto la cara de Jeanne Hébuterne. A pesar del gentío, se las arreglaba para contemplarla varias horas al día. Le gustaba hablarle, e imaginaba que se establecía un vínculo entre ellos. Por las noches lo visitaba a veces en sueños, como para escudriñarlo ella también. Todo esto constituía, en cierta manera, una conversación de miradas. Antoine se preguntaba si no era demasiado triste estar encerrada así, dentro de un marco. Al fin y al cabo, hay quien cree en la reencarnación o en la metempsicosis; ¿tan incongruente sería que un cuadro pudiera contener las vibraciones de la persona pintada? Tenía que haber necesariamente una parte de Jeanne en el lienzo.

Los historiadores han hablado mucho de su belleza, de ese rostro que conmocionó a Modigliani. Él, que tan acostumbrado estaba a pintar muchachas hermosas, a menudo en cueros, quedó fulminado por aquella gracia inaudita. Fue su musa, la mujer de su vida, a la que jamás pintó desnuda. Jeanne tenía la apariencia de un gran cisne etéreo, una languidez perceptible en la mirada, una melancolía inconmensurable. Con el paso de los días, Antoine se sentiría cada vez más atrapado por la fuerza del cuadro. Jeanne hacía que las horas pasaran volando. A veces seguía hablándole, como a una confidente. Le sentaba bien. Cada uno busca su propio camino hacia el consuelo. ¿Es posible curarse encomendándose a una pintura? Se habla de arteterapia, de crear para expresar el propio malestar, para comprenderse a través de las intuiciones de la inspiración. Pero esto era distinto. Para Antoine, la contemplación de la belleza era también una tirita aplicada sobre la fealdad. Siempre había sido así. Cuando se sentía mal, iba a pasearse por un museo. Lo maravilloso encarnaba la mejor arma contra la fragilidad.

6

En inglés:
Toilets are located at the main entrance.

*

En alemán:
Die Toiletten sind am Haupteingang.

*

En español:
Los baños se encuentran en la entrada principal.

*

En chino:
洗手间位于正门旁

*

En japonés:

トイレはメインの入り口の近くにございます。

*

En ruso:

Туалеты расположены у главного входа.

*

En italiano:

Il bagno si trova presso l'ingresso principale.

*

En árabe:

يوجد مرحاض بالقرب من المدخل الريسي

7

Días más tarde ocurrió algo que vino a modificar un tanto el curso de las cosas. Un guía más bien alto y tirando a flaco, que según su placa se llamaba «Fabien», narraba la vida de Modigliani. No era la primera vez que Antoine veía a ese muchacho de escasa consistencia que sin embargo parecía hacer su trabajo con verdadera conciencia profesional. En general, acompañaba a grupos de unas diez personas, la mayor parte de las veces mujeres mayores, miembros de los Amigos del Museo. Probablemente la suscripción les daba derecho a una visita guiada; y ellas parecían contentísimas de contar con un Fabien que, frente a un público conquistado de antemano, poseía un aura por el mero hecho de ser un varón joven.

Antoine conocía cantidad de Fabiens; era el paradigma del alumno de Bellas Artes que se sacaba algo de dinero ejerciendo de guía. Pero, a decir verdad, Antoine se equivocaba. Fabien tenía ya treinta años y una competencia real como guía. El oficio no era para él un ingreso extra en su vida de estudiante. La percepción de Antoine de los hombres y mujeres con quienes se cruzaba se volvía cada vez más inexacta. Más valía ceñirse a los hechos: el guía estaba narrando los elementos biográficos del pintor. Se había recreado en la infancia parasitada por la enfermedad, y en cambio había despachado con un par de frases su complicada relación con Picasso. Su vínculo con las mujeres era ahora un poco más detallado, como si a Fabien le proporcionara placer imaginarse pintando él también jovencitas desnudas. Por último, se refirió a la agonía del artista. A aquella hora todavía matinal, el museo recibía pocos visitantes. Antoine no tenía que mantener una vigilancia estrecha sobre toda su zona, y por ello prestaba atención:

—Le pusieron una inyección para mitigar el dolor, pero murió unas horas después. Fue un duro golpe para todo el círculo artístico. Al funeral de Modigliani asistieron más de mil personas.

—Vaya, no está nada mal —dijo una anciana con un tono casi soñador.

—Y, como es natural, todo el mundo hablaba de la tragedia. Jeanne Hébuterne se suicidó nada más enterarse de la muerte de su marido. Se tiró de un quinto piso, embarazada de su segundo hijo...

—Ay, qué horror... —exclamaron varias personas, formando un coro compasivo.

Antoine se dirigió al grupo, y a continuación se quedó inmóvil un instante. Todos lo miraron fijamente. Al cabo, intervino:

—Perdonen que les moleste..., pero lo cierto es que Jeanne no se suicidó nada más enterarse de la muerte de

Modigliani. Se mató al día siguiente. Fue lo que tardó en hacer una cosa magnífica.

—¿Sí? ¿Qué hizo? —preguntó una de las mujeres.

—Fue a visitar el cadáver, y se cortó un mechón de pelo que dejó sobre su torso...

—Efectivamente, es muy bonito —dijo una señora, maravillada al pensar en ese gesto postrero.

Ligeramente apartado, a Fabien se lo veía profundamente sorprendido por la súbita intromisión en sus dominios de un vigilante de sala. Si bien muchas componentes del grupo habían considerado *encantador* que un vigilante compartiera sus conocimientos con ellas, Fabien había interpretado el suceso como un cuestionamiento de su trabajo. Dio las gracias a Antoine por su aportación al tiempo que lo fulminaba con la mirada, y se dirigió a la siguiente sala para continuar con la visita.

Antoine volvió a su silla y se olvidó enseguida del incidente. Lo había movido una pulsión, esa energía que nos empuja a veces a actuar en contra de lo que somos. Él, convertido en un timorato social, se había expresado con soltura delante del grupo. Pero fue un corto paréntesis. Volvió a tomar posesión de su natural desdichado, y la jornada discurrió como las demás. Desde el otro lado de la sala, Alain le lanzó varias miradas extrañas. ¿Sería que reprobaba su comportamiento? La verdad era bien distinta. Odette o Henriette, su mujer, había decidido dejarlo. Se lo había anunciado casi con frialdad dos días antes. Justo antes de dormirse, le había dicho: «Alain, tengo que hablar contigo». En una pareja nunca es buena señal tener que decir que hay que hablar. Pero Alain tardó en detectar el peligro; conocía la propensión de su mujer a analizar esto o aquello, una verdadera princesa del análisis, y sabía perfectamente que, en esos casos, lo mejor era renunciar a toda actividad y escuchar. Sin embargo, esta vez su mirada era distinta. Y fue al leer en sus ojos, una bomba emocional escondida en el fondo del iris, cuando oyó lo peor antes siquiera de que ella pronunciara la primera palabra. Terminó por confesarle la aventura que mantenía con uno de los antiguos colegas de Alain, un tal Bertrand Devasseur, el otro encargado del garaje. Tenía previsto irse a vivir con él a Dijon, donde le ofrecían un ascenso importante. Alain no había tenido fuerzas siquiera para responder y se había desplomado en silencio. No hablaría con nadie del mundo devastado que ahora llevaba dentro.

8

Esa misma tarde, Antoine fue convocado al despacho de Mathilde Mattel. ¿Había cometido algún error? ¿Alguien de la facultad de Bellas Artes de Lyon le había transmitido alguna información? Mientras atravesaba el pasillo interminable, notó que unas gotas de sudor le perlaban las sienes. Lo cierto, sin embargo, era que no sudaba. Era, simplemente, una sensación que parecía increíblemente real.

Llegó por fin a la puerta del despacho, llamó despacio. Ella lo invitó a pasar. Su tono fue ostensiblemente más frío que de costumbre:
—Siéntese.
—...
—Bueno, no voy a andarme con rodeos. El señor Frassieux ha pedido su cabeza.
—¿Quién?
—Uno de nuestros guías. Fabien Frassieux. El que se encarga de los Amigos del Museo de Orsay. Me ha dicho que lo ha interrumpido usted cuando estaba haciendo su trabajo. Se lo ha tomado como una humillación delante de su grupo.

—...

—¿Es verdad?

—Pues..., en absoluto...

—¿Ha intervenido, sí o no?

—Sí. Muy brevemente. Para precisar un apunte cronológico...

—Tendría que habérselo dicho aparte, no delante de todo el mundo.

—No pensé que tuviera nada de malo.

—¡Que no pensó que tuviera nada de malo! —repitió Mathilde, levantando la voz—. ¡Es usted de lo que no hay! Imagínese por un momento que está dando una clase en un auditorio o en un aula y de pronto entra alguien y lo interrumpe para explicarles a los alumnos un detalle que se le ha olvidado... ¿Le sentaría bien?

—No... Es cierto —admitió Antoine.

—Pues ahí lo tiene. A Fabien le ha sentado fatal. De ahí que la situación sea complicada. No quiere volver a verlo. Y todos los grupos le tienen mucho aprecio. Es un elemento fundamental. Lo ha hablado con dirección, y, como es natural, todo el mundo le da la razón. Yo estoy en una posición muy incómoda... porque fui yo quien lo seleccionó...

—...

—La culpa es mía. No tendría que haber contratado a alguien que ha hecho una tesis sobre Modigliani.

—Lo lamento mucho. Iré a disculparme.

—Efectivamente, eso es lo primero. Ya veremos si con eso basta para calmarlo, pero no le garantizo nada.

—...

Ante el semblante contrariado de Antoine, Mathilde añadió, menos vindicativa:

—Es usted... es usted realmente particular...

Antoine no se explicaba cómo había podido ser tan torpe. Ella tenía razón: no le habría gustado nada sufrir la misma afrenta. Entendía perfectamente la reacción del guía. Pero ¿qué haría si no podía quedarse en el museo? ¿Buscarse otro sitio? La historia se repetiría. Le preguntarían por qué se había ido de la facultad de Bellas Artes de Lyon. No le apetecía volver a justificarse. Al final había hecho mal en refugiarse en un ámbito tan cercano al suyo. Tendría que haberse metido a camarero, o a vigilante nocturno en un hotel. Se estaba dejando llevar por un monólogo interior. Mathilde lo observaba en silencio. ¿Cuánto tiempo iba a quedarse así, sin decir nada? Desde que trabajaba en Orsay se había enfrentado a cada espécimen..., pero con Antoine estaba completamente perdida. Todas y cada una de sus actitudes rebosaban algo inédito.

Muy en el fondo, a Mathilde le divertía la situación. Un vigilante de sala que interviene durante una visita guiada resulta más bien risible. En cualquier caso, se trataba de una torpeza que no merecía el despido. Intercedería ante Fabien para apoyar al vigilante de pulsiones eruditas. ¿Era solamente la reacción de una directora de recursos humanos frente a un conflicto profesional? Quizá no. No quería que Antoine se marchara. Valoraba su singularidad; le encantaba verlo hablar con los cuadros por las mañanas. Desde el primer encuentro se sentía presa de la turbación. Y sin embargo, hacía tanto tiempo que ya no sentía nada... Los hombres elegantes o inteligentes la dejaban fría. Había creído que el *gusto por los demás* se le había quebrado. Tenía motivos para estar inquieta. Lo juzgaba imprevisible, pero no de una manera violenta o brutal; su imprevisibilidad resultaba dulce. Con Antoine una no sabía lo que iba a pasar. Y aquello no era más que el principio.

Salieron juntos del despacho. El pasillo que llevaba al ascensor le pareció a Antoine significativamente más corto que a la ida. A esa hora el museo estaba cerrado. Aparte de los vigilantes nocturnos, no se cruzaron con nadie. En vez de dirigirse a la salida, Mathilde guio a Antoine hacia una sala. Quería enseñarle una cosa. Pasaron por delante de una cristalera enorme. De noche se veía el Sena, los *bateaux-mouches,* y un poco más lejos la gran noria iluminada, la plaza de la Concordia. Era un punto de observación de la ciudad totalmente mágico. Antoine tuvo la impresión de que era la primera vez que miraba realmente París desde que se había mudado.

En una sala sumida en la penumbra, Mathilde se detuvo delante de la fotografía de una chica:

—A mí también me pasa lo de hablarle a una obra. Algunas tardes vengo aquí... solo para ver a *Maud.* Su nombre de pila es lo único que sé de ella.

—...

Antoine se acercó a la modelo, cuyo rostro se perdía entre las flores. Leyó el nombre de la fotógrafa, que no conocía: Julia Margaret Cameron (1815-1879). Mathilde prosiguió:

—Le invento vidas. Intento imaginarla. En el fondo es para lo que sirve, seguramente, la fotografía. Es algo real, pero podemos inventárnoslo todo.

A Antoine le pareció una hipótesis muy hermosa. La sucesión de aquel instante tras la aclaración en el despacho le resultaba improbable. Al cabo de varios minutos, dejaron a la desconocida en su marco. Al salir, Antoine le lanzó una última mirada y ya solo distinguió un destello de hastío.

9

A la salida del museo, se quedaron en silencio en la plaza. Finalmente, Mathilde propuso:

—Tengo que ir a la inauguración de una exposición. Si quiere acompañarme...

—No puedo. Mi madre está muy enferma —respondió Antoine maquinalmente.

—Ah, lo siento, no lo sabía. Lo siento.

—...

Antoine había preparado la respuesta por si Alain volvía a invitarlo a tomar algo. Alain o cualquier otra persona, en realidad. Era una buena réplica, irrefutable. Se alejó, pero al cabo de unos segundos se arrepintió de haber rehusado la propuesta. Aquella mujer lo tranquilizaba. Dio media vuelta y le dio alcance:

—Perdone. Sí que me gustaría acompañarla.

—¿Y su madre?

—No está enferma. Está bien. Muy bien, incluso.

—Se me hace muy difícil entenderlo.

—Era solo una excusa por si..., porque la gente propone planes constantemente..., quieren crear vínculos..., hablar, hablar todo el rato..., y a veces a uno lo que le apetece es estar solo...

Antoine ahondó un poco más en su explicación. Su voz perdió intensidad, hasta el punto de que no se distinguía lo que decía. Mathilde pensó que no tenía ninguna importancia comprender o no comprender a aquel hombre. Se alegraba de que se quedara con ella.

Se encontraron en una galería parisina contemplando una serie de cuadros extraordinaria. El artista había reinterpretado pinturas famosas, pero privándolas de sus modelos. Había, por ejemplo, una especie de muro beis titulado *La Gioconda sin la Gioconda*. O un bar americano vacío que representaba un célebre lienzo de Hopper sin sus protagonistas. Lo más impactante era el torbellino de colores que simbolizaba *El grito* de Munch, pero sin el fantasma que chilla. El artista explicaba que había decidido «liberar a los modelos de la opresión del cuadro». Yves Kamoto* se paseaba orgulloso por las tres salas de la galería. Se le adivina-

---

* Había decidido japonizar su apellido con fines comerciales, pero en realidad se llamaba Yves Kamouche.

ba en un estado de gozo supremo; una inauguración era, a todas luces, uno de los puntos cúlmenes de la vida de un artista. Y sin embargo, a menudo la inauguración es un momento impregnado de vacuidad social, puesto que uno se hunde bajo cumplidos que pierden interés al acumularse en el ejercicio de una cortesía social. A veces uno trabaja durante años para desembocar en una velada de autosatisfacción ficticia.

Mathilde era amiga de Agathe, hermana y ferviente admiradora de Yves y ausente aquel día de consagración. Estaba dando la vuelta al mundo en seis meses, desesperada por no tener ni trabajo ni un hombre en su vida. Tal vez conociera a alguno en China o en Chile. Pero, dado que estaba dilapidando con cierta ligereza la indemnización por despido, era muy probable que se viera obligada a volver antes de lo previsto. Las dos amigas hablaban a veces por Skype, y repasaban su día a día intentando dar a la narración más emoción que en la realidad; por pantalla interpuesta nos cuesta más decir que no estamos bien. En cambio, Agathe había insistido varias veces: «Tienes que ir a la inauguración de mi hermano, está muy enfadado porque yo no estaré, así que será como si me representaras». Así pues, aquella noche había un poco de Agathe en Mathilde.

Antoine, por su parte, era totalmente Antoine: se preguntaba qué hacía allí. Qué locura haber aceptado. Y encontrarse en medio de un gentío que, a través del prisma de su malestar interior, le resultaba hostil. Durante años había asistido a inauguraciones y conocía a la mayoría de los artistas lioneses, pero esta vez la situación lo superaba. Se eclipsó repentinamente, lo cual no pasó desapercibido a Kamoto, que debió de llegar a la conclusión de que a aquel hombre no le gustaba su trabajo. Una vez fuera, quiso seguir andando, pero ¿acaso podía marcharse así? Sin despedirse siquiera de Mathilde. Sin explicar siquiera que se puede aceptar una proposición, pero que, una vez esta se concreta, se vuelve sencillamente imposible de vivir. Mathilde se reunió con él:

—¿Todo bien? ¿Qué pasa?

—Nada, solo quería tomar el aire.

—¿No le gusta? —quiso saber.

—No, no..., no es eso...

—¿Quiere que vayamos a otro sitio? Conozco un café aquí al lado.

—Sí. De acuerdo. Hagamos eso...

Se escaparon como dos ladrones de belleza.

10

El café al que Mathilde había hecho alusión no tenía encanto alguno; su único interés era su posición geográfica. Ella había tenido la sensación de que no debía llevarlo muy lejos si no quería darle a Antoine la oportunidad de cambiar de opinión. Con él era menester ahuyentar la duda sin cesar. A pocos metros de distancia los esperaba el bistró. Se instalaron en un rincón tranquilo, pero más que nada por reflejo, pues el local estaba desierto. Era una transición perfecta con respecto a las obras de Kamoto: habían liberado a todos los figurantes de la ciudad.

Se acercó el camarero. Se decidieron por un tinto. Era este también un elemento nuevo para Antoine. Sus andanzas no habían estado salpicadas de esos momentos de desesperación que solo el alcohol se antoja capaz de salvar. Hasta entonces su malestar había sido sobrio. En cuanto a Mathilde, tenía ganas de beber para alcanzar rápidamente esa ligera embriaguez que le permitiría relajarse. La situación era estresante para los dos: apenas se conocían. Siempre es más fácil estar de pie que sentado con un desconocido. Mientras recorrían la galería o caminaban por la calle, el momento podía resultar aceptable. Pero ahora, el uno frente al otro, la cita se volvía real, casi seria. Mathilde, que tan segura de sí misma se había mostrado en el museo, se dejaba vencer por las dudas. De algún modo se unía a Antoine en el mundo de la propia incertidumbre.

Hay que decir que Mathilde no salía mucho. La mayor parte del tiempo se quedaba en casa con sus hijos. Su exmarido solo se los llevaba un fin de semana de cada dos, y ella no solía contratar niñeras. El azar había querido que Antoine se inmiscuyera en el discurso de un guía justo un día en el que Mathilde tenía previsto salir. Por lo tanto, el azar tenía su parte de responsabilidad. Pero no podía resolverlo todo. Había que hacerse cargo de lo real; había que hablar. Mathilde preguntó por fin:

—¿Tiene usted algo que ver con Romain Duris, el actor?

—Es primo mío.

—Ah... A mí me gusta mucho. Se lo puede usted decir, si lo ve. Bueno, no es un comentario muy original...

—A decir verdad, no es mi primo. Lo he dicho sin pensar, perdón.

—¿Y eso?

—Me lo preguntan a menudo. Yo en realidad no lo conozco. No suelo ir al cine. Pero a veces digo que es mi primo, o directamente mi hermano. Me confiere una extraña importancia a ojos de los demás. Siempre me ha parecido muy raro.

—¿Le parezco ridícula?

—No, en absoluto. Me habría encantado ser primo de Romain Duris solo por darle ese gusto.

—Gracias.

—¿Y usted...? ¿Mattel?

—¿Qué pasa?

—¿Tiene algo que ver con los juguetes?

Mathilde esbozó una sonrisa, sin saber si Antoine hablaba en serio o con ironía. Siempre resultaba difícil discernir el color de sus palabras.

Cuando el vino atenuó la timidez de ambos, se pusieron a hablar sin dejar la más mínima pausa. Mathilde acabó por abordar el tema que deseaba tratar desde el principio:
—¿Sigue sin querer decirme qué hace en Orsay?
—...
—No saldrá de aquí...
—Lo siento mucho, no me apetece hablar de eso...
—Está bien, no insistiré. Pero si cambia de opinión, aquí estoy...
—...
Mathilde comprendió que no tendría que haber sacado el tema, pero solo pretendía demostrarle su afecto; no la movía ninguna clase de curiosidad, sino las ganas de decirle que podía contar con ella. Se temía que hubiera algo grave detrás de ese cambio de vida. En el momento en que él había dicho que no le apetecía hablar de ello, había distinguido un sollozo en su voz; un sollozo controlado, casi imperceptible, pero aun así había notado unas lágrimas al acecho de las palabras. El camarero se acercó para anunciarles que el local cerraría en breve. Había llegado la hora de despedirse.

11

La consecuencia de la velada fue cuando menos paradójica: a partir de entonces se vieron muy poco. La noche y la embriaguez habían fomentado una intimidad que era complicado mantener dentro del museo. Mathilde ya no sabía qué actitud adoptar con Antoine. No se atrevía a acercarse a verlo por la mañana. ¿Debía proponerle otra cita? Una cosa era segura: él no tomaría la menor iniciativa. Obviamente, el encuentro había representado para él un desvío en su día a día. Antoine era la clase de persona que, ante la mínima invitación, anunciaba que su madre estaba moribunda.

Y sin embargo, Antoine lo había pasado bien; es más, le había sentado de maravilla. Su primer respiro desde lo que había vivido. Simplemente, no se sentía con fuerzas para crear ningún vínculo. Al final, la única persona con la que había hablado un poco era Alain. Pero este había desaparecido de la noche a la mañana. Desde que su mujer se fue, posiblemente había sentido la necesidad de cambiar de aires. Lo había sustituido Laurence, una mujer espigada de cara angulosa que parecía salida directamente de un lienzo de Modigliani. ¿Acaso solo contrataban empleados que no desentonaran con los cuadros? Sería una idea como otra cualquiera. Lo cierto era que Laurence trabajaba en el museo desde hacía mucho tiempo, y se alegraba del cambio de silla. Era bastante impulsiva, gesticulaba por cualquier motivo. Antoine la veía levantarse para sermonear a un visitante que se acercaba demasiado a un cuadro. Con voz estridente, cientos de veces al día, chillaba: «*No flash, please!*». Parecía proporcionarle una gran satisfacción ejercer ese pequeño poder, y quizá se tratara de la compensación por una vida frustrante.

Al igual que otros empleados, Laurence se preguntaba quién era realmente Antoine. Nunca hablaba de sí mismo y ostentaba siempre una cara digna de finales de noviembre. Pero como la afluencia de visitantes de la exposición no se reducía, los dos vigilantes de la gran sala prácticamente no se veían. La gente se apresuraba, se apretujaba, se empujaba. Y justo en ese instante había una mujer que no miraba los cuadros. Estaba de pie junto a Antoine. Al descubrirla, la examinó como una fractura de lo real.

Era su hermana; era Éléonore.

39

12

Cada noche, a Mathilde se le aceleraba el corazón ante la idea de volver a ver a sus hijos. En el trayecto del museo a su domicilio imaginaba ya a su hijita corriendo hacia ella, seguida a continuación de su hijo. Hablaría con la niñera, que transmitiría los datos recogidos en la guardería y la escuela primaria. Uno escucha la vida de sus hijos como quien escucha una narración palpitante. Y luego se quedarían los tres solos. Desde la separación, habían encontrado un nuevo equilibrio, más apacible. Los últimos tiempos de la pareja habían estado jalonados de tensiones. Meses de una vacilación triste en los que el matrimonio parece un hecho establecido más que un placer. Uno no ve que el final se acerca, piensa en una crisis, en un periodo un poco crítico, la vida no puede estar constituida de una sucesión de euforias sentimentales, pero a veces se trata de la primera aparición de una sombra que ya no se puede espantar. Las rupturas existen mucho tiempo antes de la mañana en que nos decimos: esto se ha acabado.

Mathilde abrió la puerta, y se produjo exactamente lo que había previsto. Minutos más tarde, la niñera se retiraba y el trío se instalaba en la cocina para cenar. Habían ido a la compra el sábado anterior, como todos los sábados, y cada día había que cavilar un poco para intentar variar los menús. Muy a menudo Mathilde terminaba preparando una pasta. Los niños siempre se peleaban por los mismos motivos, y ella intentaba apaciguar los enfados derivados del cansancio. Al cabo de un rato les ponía unos dibujos animados en el salón. Si bien se había llevado una alegría al reunirse con ellos, ya estaba agotada. Por un momento se puso a soñar con una noche a solas, con cenar viendo una película o leyendo en la cama. Mientras se cocía la pasta se sentó en el sofá, entre los niños ahora cautivados por unos dibujitos vistos una y otra vez. Cuando llegó el momento de comer, Mathilde quiso apagar la tele, y como todas las tardes obtuvo gritos por respuesta; por no discutir, optó por ceder. Es imposible luchar contra unos críos después de una jornada laboral.

Después había que revisar los deberes del mayor, preparar los bártulos de la clase de danza de la pequeña. Y luego llegaba la interminable negociación del baño. Ya no querían bañarse juntos. Preferían uno y luego el otro. Pero los dos querían bañarse primero. Como reina de la logística y la diplomacia, Mathilde gobernaba un reino afectivo que en cualquier momento podía caer en una crisis internacional. Una vez terminado el baño, había que pasar a la operación pijama, leer cuentos, cazar lobos y enfadarse porque era hora de dormir. Ya en su cuarto, Mathilde se dijo que la noche solo había sido una sucesión de órdenes, y los momentos de ternura, demasiado fugaces. Encendió el televisor y se encontró con *De latir, mi corazón se ha parado,* una película con Romain Duris. Lo interpretó como una señal.

13

Éléonore encadenaba idas y venidas por el pisito de su hermano. No se terminaba de creer que pudiera vivir así, en ese perímetro de desolación estética. Había dejado un bonito apartamento de tres habitaciones en la zona de los *quais* de Lyon. Lógicamente, solo se trataba de consideraciones materiales, pero esclarecían mucho la situación. A pesar de unos nervios que se revelaban imposibles de canalizar, sentía un profundo alivio. Después de varias semanas de búsqueda, por fin había dado con su Antoine. Intentaba calmarse, no guardarle rencor, al menos no de momento.

Estaba claro que la más mínima agresividad sería contra-producente. Tenía que intentar comprenderlo. Pero ¿cómo? Había mentido poniendo como excusa la escritura de una novela; había dejado a sus allegados en el mayor de los desconciertos. Y todo para encerrarse allí, en aquel agu-jero para ratas.

A menudo es posible prever la debilidad. Algunas per-sonas se desmoronan, caen en lo que suele llamarse una depresión, y la mayoría de las veces no nos sorprende. Di-versas señales van presagiando la caída. Esos hombres y mujeres habitan un territorio cada vez más frágil. Pero no era en absoluto el caso de Antoine. Nada hacía prever se-mejante transformación en su vida. Para su hermana, él siempre había sido un chico solar. Tenía, como es natural, sus momentos de repliegue y ensoñación,* pero era una persona estable. Se podía contar con él. ¿O acaso había ocultado su verdadera naturaleza? Éléonore se sentía cul-pable por no haberlo visto venir. «Nadie conoce a nadie», le había dicho una amiga para consolarla.

En el fondo, podía entender a Antoine. A veces, du-rante arrebatos violentos, ella también había tenido ganas de dejarlo todo, la vida familiar y sus obligaciones, la vida profesional y sus presiones. En esos trances todo se le anto-jaba asfixiante y paralizante. Se soñaba, en el rato que duraba la rabia, en otro lugar que tendría el sabor de la libertad. Luego la tormenta amainaba, y ella se quedaba tranquila-mente sentada en su vida.

Antoine no decía nada, agachaba la cabeza como un niño. Le dolía haber preocupado a su hermana hasta ese extremo. Un día, quizá, ella lo comprendería. Por el mo-

_____

* Decían que era «el artista de la familia».

mento, se sentía absorbido por el silencio. Las palabras que atravesaban su cuerpo seguían sin conseguir transformarse en sonidos audibles. Al cabo de una hora, Éléonore, menos alterada, fue a sentarse a su lado, en el borde de la cama:

—Antoine, esto me lo tienes que explicar.

—Lo he intentado. He querido llamarte varias veces, pero no he podido.

—¿Es por Louise?

—No.

—Me lo puedes decir. Sé que guardaste las apariencias cuando os separasteis. Fue de común acuerdo, me dijiste..., pero yo no me creo esa versión..., y además...

—¿Qué?

—No, nada.

—¿Vas a decirme que ha conocido a alguien? Porque ya lo sé. Y me alegro mucho por ella.

—Háblame. Estoy aquí.

—Ya sé que estás aquí. Y no me perdono haberme ido así. No pude hacerlo de otra manera. Créeme..., si hubiera podido, habría hablado contigo.

—Pero ¿qué es lo que ha pasado? Si no es por Louise..., ¿por qué es?

—...

En ese momento, Antoine fue hacia la ventana, dándole la espalda a su hermana. Luchaba por reprimir la emoción, pero esta lo embargaba. Precisamente había querido huir para que nadie le hiciera preguntas, para evitar los interrogatorios. Pero la entendía. Él habría actuado igual si ella hubiera desaparecido de la noche a la mañana sin dar explicaciones. Había imaginado que el tiempo y la distancia le permitirían aliviar su dolor. Pero la herida todavía estaba muy abierta. Unas lágrimas brotaban en silencio, y sin embargo a Éléonore le parecía oírlas. Comprendió que su hermano no hablaría, o no en ese momento.

Estaba ahí, frente a ella. Estaba vivo, y eso era lo único que importaba.

Le propuso salir a cenar. Entraron en un restaurante tailandés, justo en los bajos del edificio. El escenario era idealmente *kitsch* y les proporcionaba la sensación de que dejaban atrás la pesada atmósfera del momento. Éléonore se puso a hablar de su hija, aludió a detalles de la vida ordinaria. Antoine se preguntó si, al final, la huida no habría acentuado su desasosiego. Se había apartado de todo cuanto lo hacía feliz, como su sobrina por ejemplo. Su partida había sido la del culpable que se prohibía toda posibilidad de felicidad. Al cabo de unos minutos, preguntó:

—¿Cómo me has encontrado?

—Un poco por casualidad. Te lo habías montado muy bien para expulsarnos de tu vida. No había manera de saber dónde estabas. Ni teléfono, ni dirección, ni suscripción a nada. Se me pasó de todo por la cabeza. Hasta pensé que tal vez fueras un agente de los servicios de inteligencia y estuvieras en peligro. Pero luego me pareció poco probable.

—...

—Llamé a todos tus amigos para interrogarlos sobre tu estado de ánimo en los últimos meses. A todos les parecía plausible el rollo de la novela que querías escribir.

—...

—Y llamé a Louise, claro está.

—¿Qué te dijo ella?

—Nada especial. Que vuestras últimas conversaciones habían sido más bien tranquilas, pero que percibía cierta tristeza en tu voz.

—Es normal, estuvimos siete años juntos. Lo compartíamos todo. Y siempre es un poco triste hablar así, para preguntar cómo estamos. Yo también la notaba triste a ella.

—Sí, sin duda...

—Te repito que va todo bien entre ella y yo. Nos separamos, así están las cosas, y punto.

—Sigo pensando que en ese momento ocultaste tu sufrimiento.

—No quería daros la lata. Es tan banal una separación... No hay nada que decir. Dejemos ya de hablar de Louise, ¿te parece?

—Muy bien.

—Entonces, ¿cómo me has encontrado?

—Creé una alerta de correo a tu nombre. Pensé que así me enteraría si alguien te mencionaba en internet. Y todas las mañanas me metía en las redes sociales para comprobar si aparecías en alguna parte. Fue así como di contigo.

—¿Y eso?

—Sí, uno de tus alumnos te reconoció. Colgó en Twitter una foto tuya en la silla con un comentario que decía: «¡A lo que llega uno! ¡Mi antiguo profe de Bellas Artes, el señor Antoine Duris, ahora es vigilante de museo!».

—...

—En cuanto vi eso vine a comprobarlo.

—¿Qué alumno es?

—Ni idea. Un tal Hugo. En fin, qué más da eso. Así es como te he encontrado.

—Es alucinante.

—¿El qué?

—Ya no se puede ni huir. Siempre habrá alguien que dirá a los demás dónde estás. ¿A ti eso no te preocupa?

—Mira, a mí eso me importa un carajo. Al contrario: gracias a ese tal Hugo estoy contigo. Y por fin puedo respirar tranquila. Me cabrea mucho que hayas desaparecido de esta manera, pero esta noche me siento feliz.

—Yo también...

—¿Cuándo piensas volver? No puedes quedarte aquí eternamente. Vente a mi casa, yo me ocuparé de ti...

Antoine puso una mano sobre la de su hermana. No sabía cuánto tiempo iba a seguir viviendo así, pero, por primera vez desde que había huido, se dijo que llegaría un momento en el que tendría que retomar su vida.

14

Éléonore regresó a Lyon al día siguiente, tras haber hecho prometer a su hermano que daría noticias con frecuencia. Él había accedido; a cambio, ella no revelaría su paradero. Dos días más tarde, fiel a su promesa, volvía a meter la SIM en el teléfono. Le enviaría un mensaje tranquilizador. El mundo exterior se reincorporaba al campo de visión de Antoine. La visita de su hermana, su actitud a un tiempo bondadosa y firme, lo habían obligado a concienciarse. Una nueva etapa estaba a punto de comenzar.

Al encender el teléfono, recibió una avalancha de mensajes. En el centro de todas aquellas palabras apareció el nombre de Louise: «Antoine, al parecer te has ido. Estamos todos preocupados. Cuéntanos cómo estás, por favor. Cuéntame cómo estás». Éléonore la había informado de su desaparición, convencida de que solo ella podría hacer reaccionar a su hermano. Pero no había sido así. Los mensajes de Louise, como los de los demás, habían quedado sin respuesta. Mientras leía, a Antoine se le pasó por la cabeza que ella quizá se había sentido responsable de su marcha. En un momento dado debía de haberse dicho: «Si se ha ido, es por mí». Pero, en el fondo, ¿qué sabía él de lo que pensaba Louise? Nada. Y así era desde hacía mucho tiempo. Sus últimos meses juntos habían estado plagados de incomprensión. Una especie de zona incierta se había propagado insidiosamente, una zona que Antoine no había visto venir; ¿había permanecido cegado demasiado tiempo por la belleza de los comienzos? Ahora aquello se le antojaba tan lejano...

Varias imágenes pasaron por delante de sus ojos, resumiendo fugazmente siete años. El tiempo del amor y el tiempo del desamor. Le parecía casi absurdo: lo que habían vivido adoptaba la apariencia de un cuero viejo. Le vino a la memoria un viaje a París; habían visitado juntos el Museo de Orsay. Algún vigilante de sala había debido de verlos, cogidos de la mano, paseando por la misma sala donde Antoine pasaba ahora sus días. Eran bellos y maravillosos por aquel entonces, plenos de una certeza amorosa que rebosaba eternidad.

15

La gracia existía aún; bastaba con recordar el momento en que Mathilde y Antoine, tras el cierre del museo, habían contemplado a *Maud*. A veces, en los descansos, volvía a observar la foto. No precisamente por su calidad artística, sino para sumirse de nuevo en la delicadeza del instante que había compartido con Mathilde. Mediante esa especie de peregrinación, se aproximaba a ella. Nos gusta lo que gusta a quienes nos gustan. Antoine lamentaba que ya no hablasen. ¿Por qué ella ya no iba a verlo? ¿Le daría apuro? Podía ser. A partir de las escasas confidencias que ella le había hecho aquella noche, Antoine había entendido que, en grados distintos, los dos estaban en plena convalecencia emocional. Muchas veces había querido ir a buscarla a su despacho, pero ¿qué habría podido decirle? ¿Pedir un aumento? Se había planteado seriamente aquel pretexto. Lo absurdo siempre se encuentra muy cerca del deseo.

Antoine seguía enfrente de Jeanne Hébuterne. Algunas veces se dejaba llevar y le hablaba para sus adentros, una especie de confidente secreta en medio de la muchedumbre. Acudía gente del mundo entero para ver la retrospectiva. Las caras se mezclaban, los días se confundían unos con otros, y Fabien Frassieux seguía apareciendo para comentar las obras en compañía de los grupos. Desde el conflicto, Antoine se esforzaba por no llamar la atención cuando lo veía llegar. Ya de por sí casi invisible en un rincón de la sala, con el traje oscuro, acentuaba su eliminación encogiéndose al máximo en la silla.

Pero esto no impedía que Antoine escuchara las intervenciones del guía, siempre idénticas salvo por dos o tres palabras. Recitaba mecánicamente la vida del pintor, que al fin y al cabo era bastante normal. No iba a añadir elementos biográficos nuevos para aderezar la rutina. Pero lo que experimentaba Antoine al escuchar a Frassieux nunca lo había sufrido con respecto a sí mismo: durante años había dado las mismas clases sin que el menor sentimiento de automatismo se apoderase de él. Según los grupos y los alumnos, el ambiente era distinto. Es lo mismo que pueden sentir ciertos actores que encadenan centenares de funciones teatrales: siempre hay algo diferente en lo idéntico.

A Fabien Frassieux le gustaba su trabajo, de eso no cabía duda, pero transmitía esa especie de suficiencia que da la certidumbre del saber. Como si la víspera hubiese cenado con Modigliani. Hablaba de él con una seguridad desmesurada. En cambio, a Antoine, que había hecho su tesis sobre el pintor, le había resultado muy difícil de entender. Era un hombre movido por el deseo y el éxito, y sin embargo, temperamental e inestable, a menudo había actuado en contra de sus propios intereses. Algunos destinos parecen escritos contra su autor, pensaba Antoine a propósito de Modigliani. Su fuerza negra se mezclaba con un deslumbrante sueño de luz. De ahí que fuera imposible hablar de él sin matices. Claro, que Frassieux no se enfrentaba a unos eruditos, y su oficio consistía en vulgarizar las intenciones de una vida, en detrimento de una realidad más compleja.

Aquella mañana, Antoine se levantó repentinamente para acercarse al grupo. Fabien, de espaldas, no vio venir al vigilante descontrolado. Estaba embarcado en una larga explicación pictórica cuando oyó que se alzaba una voz:

—Perdone...

—...

Fabien se volvió, petrificado. No iría a atreverse... otra vez... No, imposible.

Se atrevió.

—Me he permitido escuchar los últimos comentarios y me gustaría añadir un detalle que me parece muy importante, y muy bello. Jeanne Hébuterne, tras la muerte de su amor...

Con fría cólera, Fabien escuchó la historia del mechón de pelo sobre el cadáver de Modigliani. No daba crédito. Aquel psicópata se había atrevido de nuevo a interrumpirlo. Él había decidido correr un tupido velo la primera vez, a petición de Mathilde. Pero en esta ocasión, era obvio, no se trataba ni de un impulso incontrolable ni de una torpeza, sino de un acto consciente y malintencionado.

En medio del grupo, Antoine seguía hablando. ¿Qué hago? —se preguntó Fabien—. ¿Le suelto un puñetazo en todo el careto? No, no, mantén la calma, sobre todo mantén la calma. Un altercado perjudicaría su imagen y la del museo... Pero ¿cómo mantener la calma delante de ese demente? Con un dominio de sí mismo que le pareció admirable en vista de lo que estaba sintiendo, Fabien cortó el monólogo de Antoine con una amplia sonrisa:

—Muy bien, muchas gracias por las puntualizaciones. Vamos a continuar la visita en la sala siguiente. Pero no creo que pueda usted abandonar su puesto...

—Efectivamente... —reconoció Antoine.

Los visitantes siguieron a Fabien. Una mujer le susurró:

—Qué majo el vigilante. Y qué erudito.

—Sí, cierto. Es un placer contar con él —respondió Fabien dirigiendo una última mirada envenenada a su adversario.

16

Una hora más tarde, Antoine fue convocado por la directora de recursos humanos. Avanzó por el largo pasillo con mucha aprensión. No por lo que Mathilde iba a decirle, sino simplemente por volver a verla. Este nuevo incidente la había dejado atónita. ¿Por qué Antoine había actuado así? Ella lo había protegido, y él lo sabía. Ahora era su posición dentro del museo la que se había debilitado. Le reprocharían que hubiera contratado a un desequilibrado. Peor aún: lo había mantenido en su puesto después de un primer aviso.

Antoine llamó a la puerta y entró sin hacer ruido. Al ver a Mathilde, aunque sabía que el momento revestía gravedad, no pudo evitar esbozar una sonrisa.

—¿Le parece gracioso? —lo interrogó ella con sequedad.

—...

—Le estoy preguntando si le parece gracioso.

—No, lo siento, pero me alegro de verla.

—Habría preferido que fuera en otras circunstancias.

—No sabía cómo hacerlo. Usted ya no venía...

—¿Me está diciendo que ha interrumpido de nuevo a Fabien... solo para que yo lo llame a mi despacho?

—Eso es... —respondió Antoine con cierta incomodidad, como si de repente se percatara de la extrañeza de su actitud.

Mathilde se quedó boquiabierta. Estaba muy, pero que muy furiosa, pero otra oleada se aproximaba dentro de ella, esta de júbilo. ¿Quién podía comportarse de una manera tan loca para volver a ver a una mujer? Le hizo un gesto para que se sentara. Al cabo de un momento, balbució:

—No sé qué decirle, sinceramente. Había otras maneras de vernos, ¿no? Me ha puesto en un verdadero aprieto.

—Lo siento mucho.

—Y esta vez no podré hacer nada. Va a tener que irse.

—Sí, me lo temía.

—¿Qué va a hacer? —preguntó ella pasado un momento.

—Voy a regresar a Lyon...

—...

—Estos últimos días he estado pensando mucho. Por un lado nuestra cena, por otro la llegada de mi hermana...

Se detuvo. Regresar a Lyon. Nunca había formulado las cosas con tanta claridad en su mente. Era cierto que había actuado así para volver a ver a Mathilde, pero su actitud había sido al mismo tiempo la de un hombre que quiere sabotearse. No podía anunciar tranquilamente su dimisión, hacer las cosas de una manera ponderada y civilizada; no, su actitud había sido la misma que la que lo había empujado a romper con todo. Había que cortar por lo sano para abreviar la confusión.

Mathilde acabó por reaccionar, tuteándolo de pronto:

—¿Y qué vas a hacer en Lyon? ¿Recuperar tu puesto?

—No, por el momento no. Todavía no puedo.

—¿Entonces? Puedes contármelo...

—Me gustaría que vinieras conmigo —propuso repentinamente.

—¿A Lyon?

—Sí. Acompáñame.

—Pero... es que no puedo irme así...

—Solo una noche... Me acompañas, y vuelves mañana. Te necesito...

Antoine ya no era el mismo hombre. El que buscaba las palabras constantemente había recuperado la lucidez. De pronto, se sentía decidido, preparado para enfrentarse a la situación que había abandonado. Empezó a ocuparse de los detalles. Podrían coger el coche de Mathilde, salir en cuanto cerrase el museo. Ella replicó: «¿Y mis hijos?...», pero ya conocía la respuesta. Podía perfectamente llamar a su madre para que fuera a cuidarlos una noche. Y luego, en el trabajo, pediría un día de asuntos propios. No había ningún obstáculo para aquella pulsión. Aunque fingía estar pensándoselo, Mathilde ya sabía que no podría negarse. Quería seguir a Antoine; adónde, daba igual.

17

Esa noche había muy poco tráfico por la autovía; a ratos, el coche de Mathilde iba totalmente solo. Los dos pasajeros habrían podido ser los supervivientes de una catástrofe planetaria. Por lo demás, las condiciones meteorológicas se prestaban a semejante hipótesis. El cielo estaba bajo y oscurecido, como si quisiera demostrar su influencia sobre la Tierra. Sin embargo, lo que podía parecer una atmósfera opresiva no se percibía en el interior del vehículo. Antoine y Mathilde hablaban poco, unas palabras sueltas aquí y allá, temas abordados de pasada, pero sin la más mínima perspectiva de una conversación ininterrumpida con réplicas sucediéndose de continuo. Entre ellos siempre había grandes silencios. Eso es quizá lo que define una auténtica afinidad: no sentirse obligado a obstaculizar el vacío. Ni siquiera se les había ocurrido poner música, o la radio, no: circular en la noche bastaba para dar densidad al instante.

Mathilde casi nunca conducía. Era preferible hacer un descanso. Se detuvo en una estación de servicio desierta.

Los dos avanzaron hacia la máquina de bebidas. Tras un tiempo de observación, Antoine anunció que dudaba entre un chocolate caliente y un consomé. Mathilde soltó una carcajada.

—¿Qué pasa? ¿Qué he dicho? —quiso saber Antoine.

—No..., nada..., es solo que entre un consomé y un chocolate hay mucha diferencia. En general, uno duda dentro de la misma categoría. Es un poco como si dijeras: para las vacaciones dudo entre las Baleares e Islandia.

Antoine sonrió antes de justificarse:

—De vacaciones siempre sé adónde quiero ir. Mis únicas dudas tienen que ver con la elección de las bebidas.

—Estupendo. Entonces te propongo que saquemos un chocolate caliente y un consomé, y compartamos.

—Muy buena idea.*

Siguieron hablando de bebidas hasta que una pareja entró en la estación de servicio. El hombre se dirigió hacia la máquina, donde introdujo una moneda sin la menor vacilación. Pulsó el botón del café corto sin azúcar. La mujer procedió con idéntica destreza al apretar la opción del café *latte*, y tres veces el botón del azúcar. Se marcharon con sus vasitos tan rápido como habían llegado. Antoine los siguió con la mirada, fascinado por semejante soltura en la vida líquida.

Mathilde aprovechó el momento de ligereza para preguntarle a Antoine por los detalles del viaje:

—¿Vamos a tu casa de Lyon?

—No, dejé el piso.

—¿A un hotel, entonces?

—Pues no lo sé. Ya veremos. Solo necesito aterrizar en alguna parte.

---

* Enseguida se dieron cuenta de lo irónico de la situación: el consomé y el chocolate sabían exactamente igual.

—De acuerdo... —respondió ella, sin insistir.

Era evidente que no había que hacer demasiadas preguntas. Bajo el aspecto tranquilo de Antoine, Mathilde percibía un miedo tenaz. Luchaba por encontrar el valor de volver a Lyon, y parecía aún presa de las dudas. Varias veces le había dicho que no habría podido hacer el trayecto sin ella. Eso la hacía feliz; quería serle útil a ese hombre. Quería seguirlo en la sombra, y quería seguirlo en la luz. Ya no se trataba de una cuestión de curiosidad. Seguramente descubriría lo que le había pasado para huir así, pero lo esencial a sus ojos seguía siendo su apaciguamiento. El día que se conocieron había tenido la sensación de encontrarse ante un hombre que se deslizaba; un hombre que, incluso sentado, rezumaba caída. Y ahora los dos se hallaban en medio de ninguna parte. A pesar de la inaudita fealdad del lugar, había motivos para sentirse atrapado por la ternura.

18

En torno a la medianoche llegaron a la periferia de Lyon. Esa ciudad a la que llaman «la ciudad de las luces». Antoine dio indicaciones a Mathilde y se dirigieron hacia Tassin-la-Demi-Lune, un municipio en el oeste del extrarradio. Mathilde comentó que era un nombre muy poético, pero estaba de humor para encontrar poéticas muchas cosas. Dado que iba a pasar tan poco tiempo en Lyon, le parecía que el momento presente asumía un carácter permanente. No había nadie en las calles y ella no sabía adónde iban. Antoine tampoco parecía conocer muy bien el lugar. Tras varias vacilaciones, acabó por dar con el camino. Estaba allí, al final de la avenida. Mathilde circulaba cada vez más despacio, a un ritmo opuesto al del corazón de Antoine, que ella oía latir cada vez más rápido. Él hizo un gesto con la mano y Mathilde aparcó delante de un cementerio.

Antoine se bajó del coche, avanzó hacia la alta verja. Mathilde prefirió no moverse mientras él no le pidiera que lo acompañara. Se quedó inmóvil un momento delante de la entrada, pensando que era absurdo que estuviese cerrado; como si la muerte entendiera de horarios.

Volvió entonces al coche sin mediar palabra. Habría que esperar a la mañana siguiente. Se sentía agotado; la impresión de haber desplegado una energía desmesurada para llegar hasta ahí. Había que buscar un hotel, pensó Mathilde. En el teléfono, vio que el Campanile de Tassin-la-Demi-Lune ofrecía recepción las veinticuatro horas. Fueron hacia allí. Estos últimos movimientos habían sido ejecutados mecánicamente, sin la más mínima anticipación de la realidad, sin pensar que pronto se encontrarían compartiendo habitación. Había una gran simplicidad entre ellos, y deseo, naturalmente. Pero no era el momento. Se tumbaron el uno contra el otro, Mathilde posó la cabeza en el torso de Antoine. Él la abrazó. Ella se durmió, pero él no consiguió pegar ojo. Por la ventana pudo distinguir una media luna en el cielo. Sumada a la otra media del nombre de la localidad, daba una llena, pensó.

19

En aquella época del año el cementerio abría a las ocho y cuarto. Mathilde se había despertado igual que cuando se durmió, pegada a Antoine. Hacía tanto tiempo que no dormía con un hombre..., le parecía que fuera la primera vez. Unos sueños agotadores habían alterado su noche, la clase de sueños que uno tiene cuando su existencia da un vuelco; el subconsciente se excita de un modo desmesurado. Antoine no había pegado ojo, y sin embargo se sentía descansado. Dejaron que amaneciera antes de hacer lo propio.

Abandonaron el hotel sin desayunar. Antoine no quería esperar más, no podía. Serían los primeros en caminar por las avenidas del cementerio. A diferencia de la víspera, el cielo se había vuelto a posicionar en su altura natural, ofreciendo al día naciente una luz más apacible. Antoine se acercó a una tumba. Mathilde, justo detrás de él, no pudo leer al principio el nombre grabado en la lápida. Se escoró despacio para descubrir progresivamente, igual que una aparición:

CAMILLE PERROTIN
1999-2017

Segunda parte

1

Algunos meses antes, Louise y Antoine estaban sentados cada uno en un extremo del salón. Ella acababa de
pronunciar por primera vez la palabra *separación*.

Durante años habían sido una de esas parejas que con-
forman una sola persona. Nadie decía Antoine, nadie decía
Louise, todos decían Antoine y Louise. Se les auguraba un
porvenir radiante, todos esperaban su boda, se imaginaban ya al futuro bebé. Sin embargo, al cabo de siete años,
habían decidido separarse. Para su entorno fue una sorpresa
total. Pero ya hacía un tiempo que Louise se lo planteaba. Se
había confiado a su mejor amiga, que había intentado tranquilizarla. En todas las historias de amor ocurría que a veces el
corazón latía con menos fuerza; la época de las mariposas
en el estómago pasaba, tarde o temprano. Louise pensó en
esa expresión: *mariposas en el estómago*. ¿Qué era eso? Era un
tiempo en el que esperaban con impaciencia reencontrarse
cada tarde; un tiempo en el que los besos ponían la piel de
gallina; un tiempo en el que uno no vivía su vida más que
para contársela al otro. Por lo tanto, sí, las mariposas habían
volado, pero quedaba la magia. Su corazón se aceleraba a
menudo cuando pensaba en Antoine; pero también era cierto que los latidos se espaciaban cada vez más. Y es complicado vivir con un corazón que solo late de vez en cuando.

La debilidad del deseo podía asemejarse al clásico hastío. A decir verdad, no era eso. Louise había tardado mu-

cho en confesárselo a sí misma, pero era más grave aún: no veía a Antoine como el padre de sus hijos. Y le sabía mal, porque lo quería desde hacía años, pero no conseguía imaginar un futuro con él. Los dos tenían más de treinta años, Antoine había cumplido ya treinta y siete, y sin embargo Louise veía su historia como un amor de juventud. Varias veces había intentado hablarle de ello, pero de una forma muy indirecta; y él no había entendido adónde pretendía llegar. Tenía la sensación de que ella se alejaba por momentos, y eso lo entristecía. Pero estaba concentrado en su trabajo, sus alumnos, sus clases, hasta tal punto que no había percibido realmente la inminencia del peligro. Cuando Louise decidió romper, le hizo reconocer que su relación ya no era como antes. Quería que compartieran la responsabilidad de la decisión, que la tomaran de común acuerdo. Pero ¿existe eso realmente en una separación? Cuando la decisión es compartida es porque uno ha convencido al otro.

Él no acertaba a imaginar su vida sin ella. Tenía la sensación de que la conocía desde siempre. Ya no recordaba cómo era la vida antes de Louise, como si su aparición hubiera corrido un telón amnésico sobre su pasado. Hasta los treinta, Antoine había sido un tipo un poco en la luna, con la cabeza en los libros y los cuadros; había pasado años escribiendo una tesis y había vivido el hecho de enseñar en Bellas Artes como una consagración. Y luego, Louise había entrado en su vida y él había comprendido que la felicidad podía ser una realidad.

Siete años después, nada de eso existía ya.

Se sentía devastado, pero ella tenía razón. No había sabido presentarle el futuro como una promesa. Quería reaccionar, pero era demasiado tarde. Louise había salpicado los últimos meses de unas pistas emocionales inquietantes, como preliminares de la ruptura. ¿Le apetecía formar una familia con ella? Él respondía que sí, que por supuesto. Pero a veces podía dudarlo. Le gustaba la vida que llevaban, libre e intensa. Ahora, Antoine quería cambiar. Intentó hacer entender a Louise que todo era posible todavía. Pero no, no cabía la posibilidad de una segunda oportunidad entre ellos. Todo había terminado.

—¿Has conocido a otra persona?

—No, por supuesto que no —respondió Louise.

2

Unos días más tarde, ella se marchó. En el cuarto de baño, Antoine miraba el vaso destinado a albergar los cepillos de dientes. Ya solo estaba el suyo. La situación era muy real. Cada detalle insignificante adquiría proporciones irremediables. Decidió tirar el vaso, así como todos los objetos que pudieran subrayar la ausencia de Louise. Cojines, tenedores, y hasta un picaporte del que ella colgaba collares. Al cabo de varias horas de vana agitación, decidió que sería preferible mudarse. Al dejar el piso no experimentó emoción alguna. En cierto modo, la melancolía lo anestesiaba. Decía adiós al escenario de su amor más grande, y el dolor que latía dentro de él era sordo.

*

Antoine pensó muchas veces en el hijo que nunca tendría con Louise. Por las noches, volvía la imagen, como la encarnación virtual de un porvenir muerto. ¿Una niña o un niño? ¿Cómo se habría llamado? ¿Jeanne o Hector? Imposible imaginarlo; se trataba de una novela que jamás se escribiría.

*

La vida continuó, como se suele decir. Antoine se estableció en un bonito piso junto al río. Desde luego, cada vez se ganaba mejor la vida, pero ¿tenía necesidad de un espacio tan grande? Era una manera de demostrar o de intentar convencerse de que todo iba bien, como si las dimensiones de las habitaciones dieran fe de la fuerza de su apetito por la vida. De manera inconsciente, estaba alquilando un piso lo bastante espacioso como para un eventual reencuentro. En los albores de una ruptura aún podemos creer que es algo temporal, que acabaremos por recuperar lo que ya no existe, que es una crisis pasajera. La ilusión dura varias semanas. Antoine sospechaba, sin embargo, que Louise no volvería. Por teléfono le hablaba con tono grave. Lo llamaba todos los días: la cortesía del desamor. Antoine había pasado a ser un electrodoméstico defectuoso que sigue en garantía. Para no estorbarla ni hacerla sentir culpable, teñía de rosa sus momentos de desesperación. Le decía que todo iba bien, que la echaba de menos, claro, pero que seguramente habían tomado la decisión adecuada. No era del todo falso, de vez en cuando lo pensaba. Algunos días le gustaba un poco su nueva vida; pero la mayoría de las veces se sentía presa de una tristeza infinita. En ocasiones se despertaba en plena noche preguntándose qué estaría haciendo ella. Se supone que lo conocemos todo de la vida de la persona con quien formamos una pareja. Puede llegar a convertirse en una droga cuya abstinencia es insoportable. ¿Dónde está? ¿Con quién? ¿Qué hace? Contrariamente a lo que le decía, quizá hubiera conocido a alguien. No, no era eso. Antoine había terminado por estar convencido. Louise no se había ido por otro hombre. Louise había preferido la soledad.

Pasaron las semanas, y los mensajes se espaciaron; pequeñas novedades que se comentan de vez en cuando, y luego cada vez menos; todo cuanto ha existido se transforma entonces realmente en pasado.

3

Antoine se sumergió de lleno en el trabajo. Iba con frecuencia a ver al señor Patino, el decano de la facultad, para proponerle ideas. Quería organizar un gran viaje de estudios a Italia con un grupo de alumnos, le apetecía montar un cineclub donde solo se proyectarían películas sobre arte, consideraba también necesario que se invitara a más colaboradores externos. Nada más enriquecedor que el testimonio de un artista, un galerista o un crítico de arte.

—Pero si no paramos de traer gente —replicó un día Patino—. Esta semana, sin ir más lejos, vienen dos filósofos, un sociólogo y un escritor.

—Ah, sí, es verdad... —admitió Antoine.

El director empezó a preguntarse si el exceso de implicación del profesor no sería la señal que presagiaba una implosión.

El año escolar acababa de empezar. Antoine estaba descubriendo a toda una nueva generación de estudiantes. Iban a establecerse vínculos, algunos de ellos duraderos. Le encantaba cruzarse con antiguos alumnos por la ciudad, y siempre se alegraba de que fulano de tal fuera a exponer en Praga o de que mengana trabajara en la preparación de la siguiente Bienal de Venecia. Se sentía entregado a una misión, la de hacer eclosionar los talentos. Se encontraba al frente de la clase de Historia del Arte de primero y segundo. Sus aulas magnas estaban abarrotadas, se dirigía a una multitud ávida de saber. Al principio de su relación, a Louise le gustaba sentarse discretamente al fondo de la sala, sin que Antoine lo supiera. Y en medio de la clase, mientras hablaba de Munch o de Mucha, él reparaba de repente en ella, que lo miraba fijamente con una sonrisa. En cuanto la veía tenía que meter la expresión *zumo de albaricoque* en alguna frase. Era su código, su juego. Antoine se embarcaba entonces en una fugaz digresión donde todos descubrían que esa era la bebida preferida de Picasso. Todo el mundo se preguntaba por qué de pronto se detenía en ese detalle, pero a fin de cuentas el profesor era él. Ahora ya ningún artista bebería zumo de albaricoque.

Para ese nuevo curso, Antoine había decidido prescindir de sus temas predilectos.* No dedicaría ninguna clase a Modigliani ni a Toulouse-Lautrec. Se remontaría en el tiempo hasta Caravaggio, con un bloque titulado «Caravaggio en el espejo», sobre el nacimiento de la forma del cuadro. Y luego otro, más contemporáneo, sobre la pintura norteamericana de los años setenta y ochenta, con la influencia del punk y luego del sida. De esa manera pasaría de un mundo a otro. Antoine también tenía seminarios, así como un puñado de alumnos cuyas tesinas dirigía.

Al menos eso no había cambiado: dar clase lo colmaba de una intensa alegría; le caían bien los alumnos. Cada vez que entraba en un aula, se sentía en armonía consigo mismo; allí era donde debía estar, allí y en ninguna otra parte. Había sido un adolescente solitario, más bien incómodo en su propia piel; sus padres, sin ser realmente nocivos, lo habían debilitado al mostrarse poco cariñosos. Así pues, tenía la sensación de haberse construido *él solo,* algo que podía llenarlo de orgullo. La bulimia de conocimientos, en cierta manera, había dado densidad a su existencia. Éléonore, su hermana, había experimentado la misma vacilación original. Se había casado joven, había tenido a Joséphine bastante pronto; otra manera de paliar la falta de raíces. A Antoine le gustaba visitarla, y sobre todo ver a su sobrina. La niña se arrojaba siempre a sus brazos gritando: «¡Titooo!». El sabor insospechado de saberse esperado en alguna parte.

---

* ¿Había que ver aquí otra consecuencia de la ruptura?

4

Éléonore no paraba de decirle: tienes que salir, tienes que conocer a otra chica, no necesariamente algo serio, solo para acostaros, te sentará bien. A Antoine le desagradaba tratar ese asunto con ella, pero su hermana tenía razón. Lo mejor que podía hacer era diluir el recuerdo de Louise con ayuda de otras mujeres. Pero ¿cómo? Nunca se había sentido a gusto en el terreno de la seducción. La mera idea de tener una cita le parecía incongruente.

Estaba Sabine, una de las gestoras de la facultad. Almorzaba con ella de vez en cuando, y había tenido la sensación, al hablarle de la separación, de que ella había visto en las circunstancias una oportunidad para cambiar la tónica de su relación. A Antoine le gustaba charlar con ella, pero nunca se la había planteado como posible compañera. Desde el punto de vista físico no era especialmente guapa, pero le parecía que se esforzaba mucho por ser femenina. Desprendía una energía solar, siempre positiva. Debía de encantarle pasearse por los mercadillos de antigüedades los domingos, tener una familia bondadosa y un primo un poco loco. Cuando un día ella le propuso cenar en lugar de comer, Antoine se dio cuenta de que todo era bastante tópico: dos colegas solteros en una gran ciudad; estaba casi escrito de antemano que se acostarían.

Sabine había mantenido una relación de tres años con un hombre casado que durante tres años le había hablado de dejar a su mujer; de hecho, todavía insistía, pero Sabine había desistido, agotada. Se había imaginado desesperada ante la idea de no volver a verlo, pero ocurrió todo lo contrario: un inmenso alivio por no esperar ya nada. Sabine había vivido sometida a la tiranía de una hipótesis de vida que nunca se había concretado, y ahora le resultaba absurdo haber esperado tanto algo tan improbable. Con un poco de distancia, todo se volvía evidente. El tipo en cuestión nunca había aspirado a tener una relación seria con ella, la había utilizado a la vez que interpretaba una sórdida comedia sentimental. Ella tenía la impresión de haber sido humillada. Por suerte, su temperamento increíblemente positivo, más allá de toda lógica afectiva, le había permitido pasar enseguida a otra cosa.

A Sabine siempre le había gustado Antoine, y quizá más aún desde que observaba en su rostro un leve velo de tristeza. Hay personas que nos apetece consolar, y eso se traduce en una atracción erótica. Ella quería hacerlo sentir mejor desvistiéndolo, bebiéndoselo, pasando la noche entre sus brazos. Era también por eso por lo que había propuesto que se vieran en un restaurante cerca de su casa; le había dicho que los platos eran excelentes, sin dejar de pensar que la cualidad principal del lugar era su emplazamiento. Hacía muchas semanas que no se acostaba con un hombre, y en la cena veía un preliminar. Antoine tampoco había hecho el amor desde que se separara de Louise. Sin duda tenía ganas de pasar la noche con una mujer, aunque solo fuera para poner a prueba su capacidad de experimentar los gozos corporales. Todo esto propulsaba la cita a una dinámica más bien estresante; bebieron mucho desde el principio para precipitarse a una embriaguez bondadosa.

Habían decidido no hablar de ningún colega, no comentar nada sobre la organización general de la facultad, olvidar incluso que allí trabajaban los dos. No había nada menos romántico que disertar sobre la vida profesional durante una cita íntima. No querían ser dos carniceros hablando de entrecots. Sabine tomó la iniciativa, para alejarse del tema:

—Oye, nunca me he atrevido a preguntártelo, pero...

—¿Qué pasa?

—¿Eres familia de Romain Duris, el actor?

—Sí, es primo mío.

—Ay, con lo que me gusta. Debe de ser estupendo tener a alguien tan famoso en la familia.

—Sí, y además es muy majo... Siempre cuenta un montón de anécdotas sobre los rodajes.

—¿Y qué está haciendo ahora?

—Una gran producción. Americana..., pero me ha pedido que no diga nada.

—Ah, claro, lo entiendo —suspiró Sabine, con una pizca de éxtasis en la voz.

Después de lo de Romain Duris intercambiaron impresiones sobre sus gustos cinematográficos, luego sobre los musicales, y por último sobre sus novelas preferidas. Hablar de lo que a uno le gusta es una manera fácil de hablar de sí mismo. Paulatinamente, sus universos culturales trazaban los contornos de su sensibilidad. Como es natural, ya se conocían bastante bien, pero nunca se habían tomado la molestia de interesarse por el otro en un plano íntimo. Pasaron a asuntos más personales, principalmente el de la niñez. Antoine despachó el tema bastante rápido, y Sabine, con suma delicadeza, comprendió que no había que insistir. Por su parte, ella recordó la muerte de su padre, días después de haber cumplido los dieciocho, la tragedia de su vida. Pronunció algunas palabras muy despacio, con una intensidad súbita, hasta el punto de que Antoine se quedó turbado. Se sentía un idiota por haberla juzgado de un modo un tanto superficial. Luego, Sabine empezó a hablar del hombre casado con el que había mantenido una relación. Se cuidó de no caer en una narración lúgubre; dejarse llevar por confidencias que desvelan un pasado siniestro no nos favorece nada. Llegó incluso a mentir al sostener que había sido feliz con él:

—Yo sabía que era un callejón sin salida, pero me sentó muy bien.

—Comprendo.

—¿Y tú? ¿Qué pasó con tu chica? Creía que el tuyo era un amor perfecto.

—Pues ya ves, hasta la perfección se acaba —dijo, repentinamente triste, hasta el extremo de que Sabine comprendió de inmediato que había cometido un error al abordar el tema de Louise.

Solo pudo decir que lo sentía mucho, pero Antoine la tranquilizó:

—No pasa nada. He tenido tiempo de analizar la situación, y seguramente es mejor así. Lo complicado, entre nosotros, es que no hubo un motivo concreto para la separación. Ella ni siquiera había conocido a otro...

—¿Y tú? —preguntó instintivamente Sabine, pese a que ya conocía la respuesta. Antoine se limitó a sonreír.

Hacia el final de la cena, cuando el ritmo de la conversación habría podido acelerarse, empezaron a hablar un poco menos. Los gestos querían ocupar el lugar de las palabras. No pidieron postre. Se dirigieron a la casa de Sabine, sin necesidad de formalizar lo que iba a ocurrir. No había apuro entre ellos, todo era sencillo y agradable. Antoine se sentía ligero; por un lado estaba el vino, claro, pero no era solo eso: experimentaba el placer de revivir los primeros momentos de la seducción. Por lo demás, descubrir a Sabine en horario nocturno lo cambiaba todo. La noche le confería un encanto sorprendente, como si su cuerpo se dotase de vibraciones eróticas nada más ponerse el sol.

Se encontraban en el salón. Ella ni siquiera se tomó la molestia de encender la luz. Antoine no distinguía apenas ningún detalle de la sala. En el sofá, Sabine empezó a besarlo con dulzura, posando una mano sobre su torso. Menos de un minuto más tarde se quitó la blusa y se quedó

68

con los pechos al aire. Antoine se puso a acariciarlos, y Sabine profirió pequeños suspiros. El deseo estaba ahí, pero de pronto sucedió algo extraño. Antoine sufrió una invasión de imágenes de Louise. ¿Cómo era posible? Durante toda la velada se había sentido cada vez más feliz y liberado, movido por pulsiones sexuales, y hete aquí que en el momento de la acción experimentaba una especie de impedimento. La perspectiva del placer se veía acompañada de una tristeza repentina, incluso de cierto malestar. Tenía la sensación de no sufrir ya por culpa de la separación, y sin embargo, en el momento de hacer el amor con otra mujer, lo atravesó un rayo de lucidez: echaba terriblemente de menos a Louise.

Se amilanó.
—¿Pasa algo? —preguntó Sabine.
Antoine no acertaba a explicar lo que lo bloqueaba. La mujer había puesto la mano en su sexo, y la sensación le gustaba, pero su mente estaba parasitada. Balbució que no podía ser, que no podía. Sabine intentó hacerlo entrar en razón. Era absurdo. No podían parar así porque sí. Él pidió perdón e hizo amago de ponerse de pie. Ella intentó retenerlo, con palabras y con gestos. Al final, preguntó:
—¿Es por ella?
No le quedó más remedio que reconocer que sí. Y se marchó precipitadamente.

5

En los días siguientes, los dos colegas evitaron cruzarse. Cuando a pesar de todo coincidieron, intercambiaron rápidamente un puñado de banalidades. Sabine acabó por mandarle un mensaje: «Me lo pasé de maravilla contigo. No te guardo rencor, y te espero». Antoine quiso contestar, pero no lo hizo.

No estaba preparado para atarse, ahora lo comprendía. Sin embargo, nadie había hablado de empezar una relación, al menos de momento, sino simplemente de pasar una bonita noche y hacer el amor. Algo lo bloqueaba. Algunos amigos suyos eran capaces de acostarse con la primera que pasaba sin el menor reparo. Él quería ser como ellos, escapar de la dictadura del sentimiento. Varios minutos después de haberse formulado este deseo, Antoine recibió un mensaje de Louise: «¿Comemos juntos la semana que viene?». Era una señal. «Con mucho gusto», respondió. Verla lo ponía contento, aunque todavía durase la confusión. Un día comprendía la separación, y al siguiente se desmoronaba.

Habían pasado varias semanas desde la última conversación, pero a Antoine le parecía que hubiera sido ayer. Tal vez Louise se encontrara en el mismo estado de ánimo que él; había querido la ruptura, pero debía de sentirse mal, eso seguro. ¿Habría huido ella también en el momento de pasar a la acción con otro hombre? Al enfrentarse a los demás, se daban cuenta de que no podían vivir separados. Muchas parejas terminan para luego volver en mejores términos. Quizá su historia no hubiera acabado.

Aquella tarde fue a cenar a casa de su hermana. Su marido estaba de viaje, y Antoine siempre prefería pasarse por allí en ausencia de su cuñado. No tenía nada contra él, pero era un comercial que siempre parecía mirar a todo el mundo por encima del hombro. Según él, el oficio de Antoine era más una afición simpática que una actividad adulta. Por no hablar de que las conversaciones siempre acababan con un «¿Cuánto ganas con eso?» que nunca lo dejaba bien parado. En definitiva: Antoine solía ir a casa de su hermana cuando tenía vía libre. Había comprado un libro para Joséphine con reproducciones de los grandes clásicos de la pintura. Cada vez que iba de visita pasaba un rato largo con su sobrina antes de que se durmiera. Miraban los cuadros de Ingres o de Vermeer y la niña cogía el sueño acompañada de imágenes de gran belleza.

Una vez en el salón, Antoine se sentó a la mesa. Su hermana había preparado una ensalada que se asemejaba a una disertación confusa, plagada de digresiones incomprensibles.

—He seguido tu consejo —dijo Antoine.

—¿No me digas? ¿Cuál?

—La otra noche salí con una chica.

—¡Qué notición! ¿Quién es? ¿La conozco?

—Sabine.

—Ah, ya..., tu compañera. Siempre he sabido que le gustabas. ¿Y qué tal, bien?

—Sí, más o menos.

—¿Vais a quedar más veces?

—Seguramente.

Antoine había hablado de la cita para tranquilizar a su hermana, pero no tenía ninguna gana de detenerse en el asunto. Y mucho menos en lo que había ocurrido realmente. Prefirió enlazar con su vida profesional:

—Por cierto, no te lo he dicho, pero este año voy a dar un ciclo sobre Caravaggio.

—No es para nada tu especialidad.

—Pues por eso, me apetecía explorar otros campos.

—Sí que has empezado una nueva vida. Y de Louise, ¿sabes algo?

—Contigo no hay manera de hablar de otra cosa.

—Ay, perdona.

—Hemos quedado para almorzar la semana que viene —acabó por decir con el tono más neutro posible.

Charlaron un rato más. A Antoine le agradaba la compañía de su hermana. Siempre habían tenido una buena relación, pero en los últimos años el entendimiento se había reforzado. A él le fascinaba su apetito por la vida. Ella trabajaba en un banco, y si bien su ocupación no parecía apasionante, hablaba siempre de ello con entusiasmo. A diferencia de Antoine, tenía una capacidad asombrosa para ver el lado bueno de las situaciones. Y eso los hacía complementarios. Fue lo que pasó esa noche: mientras Éléonore bebía una infusión detrás de otra, Antoine le daba al vino sin control. Tenía demasiadas ganas de escapar de sí mismo. Ella terminó por señalarle que ya había bebido bastante. Pero era demasiado tarde: Antoine no se tenía en pie. Lo mejor era que durmiera en casa. Éléonore lo ayudó a tumbarse en el sofá y lo tapó delicadamente con una manta. Susurró: «Estás un poquito loco, tú...» antes de desearle buenas noches. Él se durmió enseguida, y a la mañana siguiente lo despertó su sobrina, que se abalanzó sobre él. Antoine tuvo la sensación de haber dormido solo un minuto, como si la noche no hubiera existido.

6

Antoine tenía la impresión de que ese año los alumnos estaban más revueltos. Hacía no tanto, notaba la intensidad del silencio que planeaba sobre el aula magna. Captaba la atención de todo un auditorio que escuchaba sus palabras con una suerte de devoción. Ahora, en cambio, oía murmullos o cuchicheos con regularidad, sin poder determinar de dónde provenían aquellas conversaciones amortiguadas. Y no era solo una cuestión de palabras. Las nuevas generaciones tenían cada vez menos paciencia. Antoine percibía un descenso en la concentración, gesticulaban cada dos por tres, enseguida pensaban en otra cosa. Aquello a veces lo irritaba, pero de un modo desproporcionado, era consciente de ello.

Al señor Patino le gustaba ir entre clase y clase al encuentro de profesores o alumnos. No era de los que se atrincheraban en su despacho; por encima de todo, no quería ser uno de esos tecnócratas a los que solo puede uno acercarse previa cita. Quería ser humano y moderno. Parecía muy a gusto consigo mismo. Algo que evidenciaba su pelo, por ejemplo.* Era casi calvo, pero asumía totalmente la idea de dejar que tres tristes mechones, supervivientes intrépidos de un genocidio capilar, vagaran como almas en pena por el reino de un cráneo liso. Ni siquiera intentaba llevarlos hacia la frente, como hacen algunos, para crear la ilusión de una pequeña mata aún relativamente poblada. No: Patino dejaba que la naturaleza obrara su labor de destrucción sin alterarse. Su seguridad era impresionante. Y esto se traducía también en la cadencia de sus andares, precisa y reconfortante. Se acercó a Antoine:

—¿Qué tal? ¿Ha ido bien la clase?

—Sí, estupendamente. ¿No te parece que los alumnos son menos aplicados este año? —preguntó el profesor, con intención de compartir una impresión general.

—No, para nada.

—Parece que vienen a estudiar arte como quien hace derecho.

—Sabes muy bien que siempre pasa con los de primero. Los que se aburren lo dejan enseguida. La selección se hace sola.

—Sí, es cierto, pero oigo más cuchicheos en las aulas magnas.

—No te dejes perturbar por eso. Tus clases son tan apasionantes como siempre —lo animó Patino con una sonrisa.

—Gracias —respondió Antoine, sin entusiasmo.

—¿Tienes algún problema últimamente? —añadió el director.

---

* En general, se antoja perfectamente posible interpretar la personalidad de alguien a través de la mera observación de la relación que mantiene con su cabello.

—No, ¿por qué me preguntas eso?

—No lo sé…, por nada. Ya sabes que puedes venir a hablar conmigo cuando quieras.

—No, de verdad, va todo bien.

—Estupendo. Bueno, te dejo…

Patino puso rumbo, con paso vivo, a otras conversaciones furtivas. Antoine se quedó allí plantado un momento. Había esquivado las preguntas personales, pero no podía bajar la guardia. Bajo la apariencia de unas cháchas distendidas y amistosas, Patino era un director temible. Sondeaba sin cesar la moral de la tropa, y evaluaba discretamente a sus empleados. Era un gestor sonriente, uno de esos de los que no acertamos a imaginar con qué soltura toman decisiones brutales, incluso inhumanas.

7

Por motivos prácticos, Antoine y Louise se dieron cita en un restaurante al que acostumbraban ir. No era necesariamente una idea brillante la de ocupar un lugar tan parasitado por el fantasma de su amor. Allí podían respirar sus propios recuerdos. Antoine llegó primero, y vaciló en la elección de la mesa. Todas lo remitían a un episodio de su relación con Louise. En aquella, al lado de la ventana, habían celebrado la mudanza. En esa otra, más cerca de la barra, habían ido a relajarse después de que Louise hiciera una entrevista de trabajo en el bufete de abogados para el que todavía trabajaba. Por el otro lado, en el rincón, estaba la mesa en la que más les gustaba sentarse, para besarse discretamente. Antoine quiso dirigirse a esa, pero se le encogió el corazón, porque, ahora, ya no intercambiarían ningún beso. Finalmente se decantó por un emplazamiento inédito, en pleno centro del restaurante: una zona neutra.

Al entrar, Louise se dirigió enseguida hacia él con una sonrisa; su ternura parecía intacta. Antoine pensó que estaba tan guapa como siempre, quizá más aún desde que se habían separado. En el momento preciso de saludarse, vacilaron. ¿Debían darse un beso? Tras un instante de incomodidad, Louise decidió sentarse sin besarlo. Él preguntó:

—¿Te parece bien esta mesa? ¿O prefieres... la del fondo?

Naturalmente, la pregunta iba con segundas, por inconscientes que estas fueran. Era difícil saber si Louise había captado la alusión, pero contestó:

—No, aquí estamos bien.

El local estaba cada vez más deslucido. El dueño tenía dificultades para salir adelante, o eso parecía, y retrasaba cada mes unas obras necesarias. Era un restaurante sencillo que ofrecía quiches caseras y ensaladas. El patrón los conocía. Se acercó a ellos.

—¿Cómo andamos, pareja?

Hubo un silencio muy breve, y finalmente fue Louise la que respondió para disimular la incomodidad.

—Todo bien, gracias. ¿Y usted? ¿Cómo va el negocio?

Él adoptó entonces su semblante dramático y balbució que iba tirando a duras penas, con los gastos y el papeleo, que no acababan nunca. Pero aquel día ni Antoine ni Louise tenían ganas de que los molestaran los sinsabores administrativos del hostelero. Tenían la costumbre de escucharlo con esa compasión que manifiestan las personas felices. Ahora, en cambio, la cosa era diferente. Estaban separados y ya no tenían paciencia para prestarle apoyo a base de pequeños gestos tranquilizadores y mohínes cómplices. Al final, el hombre abrevió su lamento para tomarles la comanda. Preguntó:

—¿Lo de siempre?

Y primero Louise y luego Antoine confirmaron que sí. En el plano culinario, nada había cambiado.

Empezaron intercambiando una serie de banalidades sobre el tiempo, la política y algunos amigos comunes. Había una especie de voluntad, o bien se trataba simplemente de miedo, de no enfrentarse a lo esencial. Llevaban un tiempo sin hablar, era complicado retomar como si tal cosa una conversación tras un periodo de silencio. Al final, Antoine confesó:

—Me alegro mucho de verte.

—Yo también.

—Pienso mucho en ti. Todos los días, a decir verdad.

—Ya... Yo también. ¿Y qué tal por la facultad?

—Este año noto a los alumnos un poco distintos, pero va bien la cosa.

—¿En qué sentido?

—No sé muy bien. Menos concentrados, podría decirse. Ven a una de mis clases y ya lo verás —dijo con una sonrisa.

—La verdad es que siempre me ha impresionado tu prestancia cuando hablas delante de los alumnos. No te lo he dicho muchas veces, pero era raro sentir algo así. Era como si hubiera dos Antoine: el que yo conocía y el que sabía cautivar a toda una asamblea durante dos horas. Eras una persona doble para mí.

—Entonces me has dejado doblemente —respondió Antoine de manera espontánea.

—Yo no te he dejado. Hablamos mucho. Y tú estuviste de acuerdo. Lo nuestro ya no era como antes... ¿Crees de verdad que fui yo quien te dejó?

—No lo sé. Cuando empezaste a formular tus dudas sobre nosotros... yo ya no podía hacer gran cosa. Seguí la corriente, porque percibí tu determinación. ¿Te habrías quedado conmigo si me hubiera hincado de rodillas y te lo hubiese suplicado? No. Te conozco, Louise. Te conozco demasiado bien. Cuando tomas una decisión es porque le has dado muchas vueltas. Y ya es demasiado tarde.

—Me conoces muy bien.

—Tengo siete años de experiencia. Pero tampoco te conozco tan bien... Ahora, por ejemplo, soy incapaz de saber qué estás pensando...

Era el turno de Louise. Le tocaba explicar el motivo de aquella comida. En el momento en que intentaba organizar sus ideas para expresarlas de un modo coherente, la interrumpió el patrón:

—¡Pero bueno, amigos! ¿Qué pasa? No estáis comiendo nada. ¿No está rico?

—Sí..., está delicioso —respondió Louise.

—Que no os dé reparo decírmelo si algo no está a vuestro gusto...

Se marchó más tranquilo. Vaya ocurrencia, elegir ese sitio para una cita tan importante. No solo contenía demasiadas huellas del pasado, sino que estaba parasitado por el hombre menos fino del mundo; un hombre incapaz de entender que nunca hay que interrumpir a una pareja que no está comiendo. Porque hay dos explicaciones: o se quieren a rabiar, o están hablando de ruptura. Louise acabó por decir con voz opaca:

—He conocido a alguien.

—...

—No quería que te enterases por otra persona. Por eso quería que nos viésemos.

—...

—Antoine...

—¿Cuándo lo has conocido?

—Hace tres semanas. Bueno, nos conocíamos ya..., pero la cosa empezó hace tres semanas, más o menos.

—Louise, dime la verdad: ¿me has dejado por él?

—Qué va, para nada. Te lo prometo. No te he mentido. Tenía la sensación de que estábamos en un callejón sin salida. Y fue cuando ya estaba sola cuando accedí a cenar con ese hombre...

—¿Quién es?

—Un abogado. Litigué contra él hace unos meses, e hicimos buenas migas. Pero nada más.

—No sé qué decir.

—Lo siento mucho...

—Si me lo estás contando es porque la cosa va en serio.

—Sí.

—Me diste a entender que no me veías como el padre de tus hijos. ¿Con él es distinto?

—No lo sé. Acabamos de conocernos.

—Esta es la última vez que nos vemos —zanjó brutalmente Antoine.

—Pero...

—¿Qué quieres que te diga? No deseo ser un obstáculo para tu felicidad. Eres la mujer que más he querido. Y a diferencia de ti, de momento no me imagino con nadie más. Imposible. Imposible. ¿Lo entiendes?

—Sí.

—¿Qué tiene él que no tenga yo?

—No sé qué decirte. Me transmite tranquilidad.

—¿Qué edad tiene?

—Cuarenta y cinco años.

—Es mucho más viejo que tú.

—Quince años. Y tiene una hija de dieciocho.

—¿Una hija de dieciocho?... ¿Ya te la ha presentado?

—Sí, este fin de semana.

—Vas a jugar a ser la madrastra, entonces —suspiró Antoine, cáustico.

Louise sabía que sería un momento difícil, pero nunca había visto así a Antoine. Había imaginado que se pondría

78

triste, pero esto era distinto. Se notaba que estaba conteniendo una ira extrema. Él quiso acortar la situación y marcharse inmediatamente del restaurante. Se acercó al patrón para pagar. Este último comprendió al fin que algo pasaba y prefirió no hacer más comentarios. Antoine salió sin mirar siquiera por última vez a Louise. Su reacción había sido brutal, excesiva, pero no se le había pasado por la cabeza que ella pudiera meterse en una nueva relación tan pronto. Podía entender la separación, pero eso no. Una vez en casa, mandó un mensaje a Patino para decirle que había sufrido una indigestión y no podría dar las clases de la tarde.

8

Al día siguiente, Antoine retomó una vida normal. No le contaría a nadie, ni siquiera a su hermana, lo que había sentido en el momento en que Louise le había dado la noticia. Lo conservaría oculto en lo más profundo de su ser, y puede que así consiguiera olvidarlo. La nueva situación al menos poseía el mérito de esclarecer las cosas. Ya no había nada que esperar; se acabó flotar en la indecisión. Seguramente era mejor así. Había aborrecido ese periodo incierto, esa zona de tránsito del amor.

Arrancaba una existencia nueva. Era la misma de siempre, claro, pero todo sería diferente. Solo tenía que dar con el manual de instrucciones. Iba a concentrarse aún más en el trabajo, no haría otra cosa: preparar las clases, profundizar en sus conocimientos. Iba a vivir en los pasillos de las bibliotecas, y lo más probable es que hallara consuelo armándose de saber. Podría escribir un libro; hacía años que le apasionaba el Montparnasse de los años veinte. Ya había redactado una tesis sobre Modigliani, quizá hubiera llegado el momento de hacer una novela con ello, por qué no. Una manera como cualquier otra de luchar contra los pensamientos oscuros.

La primera noche de su nueva vida mandó un mensaje a Sabine. Ya era tarde, estaría durmiendo; pero resultó que no, pues contestó enseguida. Sabine era una de esas personas que jamás apagan el teléfono por miedo a interrumpir la realidad. Antoine quería pasarse por su casa. Es decir: seguir por donde lo habían dejado. Desde hacía varias semanas, sus deseos fluctuaban sin cesar. Al final lo invadió una certidumbre casi brutal. Deseaba sentirse deseado; quería apurar las horas con ayuda de otro cuerpo. Los sentimientos ya no importaban. No amaba a Sabine y probablemente nunca la amaría. Pero llega un momento en que lo que queremos importa menos que lo que podemos conseguir.

Sabine siempre había estado convencida de que Antoine volvería. No por exceso de confianza, sino más bien por la sensación de que aquella noche no podía quedar inacabada. La certeza de que faltaba un punto para terminar la frase. Había entendido que Antoine tenía que digerir la ruptura; una persona sensible e íntegra era incapaz de abandonarse en el dédalo de las relaciones. En ese punto se equivocaba de parte a parte. Antoine no la llamaba porque estuviera mejor, sino porque se encontraba aún peor. Pero en el fondo poco le importaban a Sabine los motivos de Antoine. El deseo de ella estaba intacto y eso era lo esencial para Sabine.*

Al reencontrarse así, en plena noche, habrían podido creer que los días que habían dedicado a evitarse no habían existido. Lo retomaban donde lo habían dejado; sin em-

---

* Jamás hay que intentar comprender por qué alguien nos desea.

bargo, la actitud de Antoine era completamente diferente. Agarró con viveza a Sabine por la nuca. Al penetrarla se hizo evidente que estaba dando salida a su rabia. Su vida entera, con sus frustraciones y sus miedos, se jugaba en la mecánica de un movimiento primario. Nunca se había comportado así con una mujer; él era un hombre delicado y dulce, pero estaba rindiéndose a una conducta inédita. Sin llegar a mostrarse brutal o salvaje, quería disfrutar sin preocuparse realmente de su compañera. Sabine no reconocía a Antoine, y al final esto la excitó más aún. La distorsión repentina del momento acentuaba el placer. Sabine quería ser vapuleada, gozaba sintiéndose propulsada a un mundo rudo y vagamente bárbaro. Nunca había experimentado tanto placer. Una vez acabado el lance, mientras Antoine recuperaba el aliento a su lado, ella solo tenía dos palabras en mente: otra vez.

El tiempo de su amable sentimentalismo acababa de tocar a su fin. Ya no podían dar marcha atrás y volver a sus conversaciones teñidas de pudor y aprecio mutuo. Antoine se levantó para vestirse. Se fue sin decir una palabra, dejando a Sabine aturdida.

9

Durante el día se cruzaban sin hablarse. Y por las noches quedaban para hacer el amor. Antoine libraba una batalla interior. Si bien la aventura física lo liberaba, le dejaba a menudo un regusto amargo. En él la felicidad carnal venía acompañada de una espeluznante melancolía. Pensaba en Louise desnuda con su nuevo hombre. Se dejaba asediar por las preguntas. ¿Era con el otro como había sido con él? ¿Le hacía las mismas cosas? Quería saber; una curiosidad como cualquier otra.

Solo tenía una certeza: Louise era feliz. Extrañamente, eso lo aliviaba. No habría querido que su historia hubiese terminado para dar paso a la mediocridad; si lo que estaba viviendo era intenso, en cierto modo la separación quedaba justificada. Así se articulaba el orden amoroso. Los días pasaban y el dolor se atenuaba. Louise había sido su gran amor, y era evidente que seguiría siéndolo mucho tiempo. Ya era magnífico haber podido vivirlo. Ella debía de sentirse muy culpable después del último encuentro y su reacción brutal. Antoine decidió tranquilizarla mandándole un mensaje: «Te deseo lo mejor en tu nueva vida. Eres una mujer maravillosa». Louise, liberada por fin de aquel peso, quedó conmovida hasta las lágrimas. Se planteó proponerle que se vieran. Tal vez podrían tomar un café. No, esta vez era preferible cortar por lo sano. No volverían a verse.

Sin embargo, había que confesar un último deseo. Antoine no estaba del todo a gusto con lo que sentía. Estaba preparado para iniciar una nueva vida, admitía que Louise no había conseguido imaginarlo como el padre de sus futuros hijos y que eso había precipitado el final de su unión, pero necesitaba un último elemento para liberarse por completo: quería ver a aquel hombre. Quería comprobar qué aspecto tenía, tal vez incluso oír su voz. ¿Tan grave era sentir esa necesidad? No; antes bien, le resultaba de lo más clásico. No podría rehacerse a sí mismo con esa visión borrosa del nuevo entorno de Louise. Habría podido decirle: «Quiero conocer a tu novio...». Pero no, imposible. A ella le habría parecido extraño. O bien podría proponer una cena de parejas, con Sabine, en un ambiente falsamente distendido y con sonrisas que enmascarasen lo patético de la situación. Pero Sabine no ocupaba ese lugar, en su opinión. En ningún caso era el equivalente del nuevo hombre en la vida de Louise. ¿Cómo se llamaba, a todo esto? Antoine ni siquiera lo sabía. No sabía nada, salvo que era abogado y tenía una hija de dieciocho años. Hasta podía ser alumna suya. No era ningún disparate. No tenía ni idea de lo que estudiaba aquella chica. No sabía nada, se repetía sin cesar. Louise habría podido darle más detalles al menos, explicar un poco qué había mejorado en su nueva vida. Antoine olvidaba que la había dejado allí plantada sin darle tiempo a hablar. Pero ahora necesitaba saber. Lo ayudaría. Quería avanzar, sí, quería romper con su pasado, de acuerdo, pero también tenía derecho a contar con algunos datos suplementarios. Era algo legítimo, se repetía sin cesar.

10

Después de unas cuantas noches, Sabine le preguntó a Antoine:

—¿No te apetece que vayamos a cenar a algún sitio? ¿O al cine?

Él la miró como si estuviera hablando con otro hombre. Podría haberle dicho la verdad, a saber, que no aspiraba a nada más con ella que a sus citas eróticas, pero prefirió echar balones fuera. Fingió estar muy atareado en ese momento, lo cual no era del todo mentira. Tenía exámenes por corregir, una actividad que ocupaba gran parte de su tiempo. Además de las clases magistrales, se encargaba de tres seminarios. Dos veces al mes, aunque no estaba obligado a hacerlo, evaluaba a sus alumnos mediante exámenes tipo test o disertaciones. Era una manera de que no se durmieran en los laureles. Algunos estudiantes perezosos evitaban sus clases a toda costa, y los que querían aprobar y dejarse la piel sabían que él les echaría una mano. Para Antoine, las consecuencias eran descomunales: dedicaba horas a corregir exámenes, intentando ser lo más preciso posible en sus comentarios. Naturalmente, habría podido sacar un rato para ir al cine o simplemente tomar un café con Sabine, pero cuanto más hacía el amor con ella más experimentaba algo así como una prueba de que su relación debía limitarse a eso. Sin embargo, ella le gustaba. Siempre habían mantenido una relación excelente, ya desde el principio habían sido más que colegas, casi amigos, pero desde que se corría en su boca, desde que ella gemía durante sus atenciones sexuales, a Antoine le costaba horrores admitir que podían pasar de un mundo a otro sin dificultad. Sabine aceptaba la situación, sometida a su propio placer. Siempre había pensado que la sexualidad debía acompañarse de una complicidad afectiva, de una admiración intelectual mutua, pero no, ahora estaba descubriendo con cierta perplejidad que hacer el amor no requería ninguna realización en paralelo. Desde luego, la cosa no duraría, pero entretanto convenía aferrarse a las intermitencias del placer.

Antoine prefería pasar el resto del tiempo de que disponía con sus amigos. Desde que estaba soltero los veía más. Los sábados por la noche no miraba el reloj, nadie lo esperaba. Cuanto más avanzaba la noche, más le parecía que las conversaciones eran las de siempre; repetían anécdotas de otros tiempos, el pasado era una película antigua ya vista, muy vista. Entonces se sentía solo. Era una impresión real y aterradora. Todas las relaciones humanas se le antojaban de una futilidad absoluta. Ningún amigo podía entenderlo. Y él no intentaba siquiera conocer a otra mujer. Cuando se cruzaba con alguna que hubiera podido gustarle, nunca hablaba con ella. Podía esperar vagamente que la chica diera el primer paso, pero eso nunca pasaba, salvo en los sueños y en las novelas.

Era habitual experimentar esto en el meollo de la noche, con la embriaguez. Pues él no era infeliz; tenía a Sabine a veces; tenía a su hermana a menudo; tenía a sus alumnos todo el tiempo. Hallaba cantidad de placeres aquí y allá.

Adoraba caminar por la ciudad, patearse las calles, descubrir callejones nuevos. Las tardes, después de las clases, eran su momento preferido. Bordeaba el Ródano, pasaba por delante de los barcos que hacían escala por espacio de una noche. Observaba a las ancianas en sus balconcitos, formando hileras en sus compartimentos flotantes. Les hacía un pequeño gesto cordial; se crea una connivencia tácita entre los paseantes y los pasajeros; sea cual sea el medio de locomoción, nos vemos en el deber de hacer un ademán en dirección a quienes viajan. Aquel era el camino que tomaba Antoine cuando iba a buscar a Louise al trabajo. Movido aún por el deseo de conocer su nueva vida, esa tarde decidió continuar el paseo hasta su oficina.

El bufete de abogados estaba ubicado en un edificio enfrente del palacio de Justicia. Antoine se instaló en una terraza desde la que podía espiar la salida de Louise. Hacía un día sorprendentemente bueno para ser noviembre. Mientras tomaba un café, Antoine observó a inocentes y culpables bajando los grandes escalones del palacio. Los abogados siempre corrían un poco, como si fuera necesario hacer piruetas para ser un príncipe del alegato. Por fin salió Louise del edificio. Antoine se emocionó al verla de lejos, su silueta se dibujaba con un leve desenfoque, y sin embargo él era capaz de distinguir hasta los más mínimos detalles de su rostro. Estaba esperando a alguien. Pocos minutos más tarde se le unió su compañero. A Antoine le sorprendió descubrir a un tipo con el pelo gris. Aparentaba más edad. Pero por qué no. Así lo había querido Louise. Él no tenía por qué juzgar el color de pelo de su nueva vida. Y ya está, eso era lo único que quería ver Antoine. Le hacía daño, sin duda, pero así era. Siguió observándolos. El hombre plantó un beso en la nuca de Louise, y echaron a andar. Entre ellos todo parecía muy sencillo.

Antoine pagó el café y se levantó para seguirlos. Solo una vez, una sola vez. Solo por saber dónde vivían. Conocer el escenario de tanta felicidad. Aquella necesidad no le resultaba extravagante.

11

Mientras se mantenía a cierta distancia para no ser visto, lo abordó una chica:

—Buenas tardes, señor Duris.

—Buenas tardes —respondió Antoine, al tiempo que veía alejarse a Louise.

—Me alegro de verlo.

—Sí..., yo también —dijo sin saber muy bien con quién hablaba, e intentando proseguir su camino.

—¿Sabe?, sus clases ejercieron una gran influencia en mi vida.

—Muchas gracias... —contestó maquinalmente.

Aquellas palabras habían ralentizado a Antoine, hasta el extremo de perderle la pista a Louise. Daba igual. No había prisa. Podría volver al día siguiente, o cualquier otro día. Ya había satisfecho con creces la necesidad de saber más. Había recibido la impactante confirmación de su felicidad, de esa vida que vivía lejos de él. ¿Acaso necesitaba algo más? Simplemente saber dónde vivían. Era el último elemento del que quería disponer. Debían de vivir los tres en una armonía adorable. Louise debía de ser la madrastra perfecta. Seguro que las dos mujeres iban de compras juntas, los sábados. La vida soñada, en resumidas cuentas.

Su vagar digresivo acabó por ser interrumpido por el desarrollo biográfico de la antigua alumna:

—Tuve la suerte de pasar seis meses en el Museo Guggenheim de Nueva York. Fue una experiencia magnífica.

—Sí, ya me imagino.

—Es increíble que me haya cruzado con usted, porque estoy en Lyon de paso. Dentro de una semana me voy a vivir a Hamburgo.

—Ah..., muy bien.

—Voy a trabajar de guía francófona en el Museo de Arte Moderno. Es fabuloso. Estuve visitándolo hace dos meses, para tomarle el pulso...

La joven enlazaba las frases a tal velocidad que a Antoine le costaba reaccionar mediante algo que no fueran onomatopeyas. A tenor de lo que contaba, había sido alumna de sus clases magistrales, pero también de los seminarios. Antoine no entendía por qué no la recordaba en absoluto. Aun así, interpretó el teatrillo social, fingiendo saber perfectamente quién era, aunque en realidad, por mucho que buscara, no había nada, ni la menor huella de aquella chica en su memoria. Tanto más incomprensible cuanto que la mujer era atractiva. Ciertamente, su cotorreo incesante agotaba un poco a Antoine, y alteraba su encanto, pero se trataba de una chica sin duda deseable. Él estaba soltero, ella lo admiraba..., ¿quién sabe? Tal vez podrían pasar la noche juntos.

La chica recibió con entusiasmo la proposición de su profesor: tomar una copa con él, ¡qué suerte! Pensó, emocionada, en la majestuosidad del azar. Se sentaron en la terraza de la que Antoine acababa de irse. Cualquiera lo habría tomado por una señal del destino, intentando curar las heridas: en el momento en que él observaba a Louise con su nueva pareja, se le ponía por delante una mujer joven y bonita, rebosante de admiración. El destino quería equilibrar los porvenires, en cierto modo. En el momento de pedir, la chica* se dirigió a él:

---

* Antoine seguía sin tener idea de cómo se llamaba, pero le daba la impresión de que ya era demasiado tarde para preguntárselo. Indudablemente, el buen talan-

—¿Puedo preguntarle una cosita?

—Sí.

—Aquello que nos contó de que el zumo de albaricoque era la bebida preferida de Picasso... era un invento, ¿no?

—Pues...

—Ya me lo puede contar. ¡Ha prescrito! No diré nada. Pero estoy convencida de que era un mensaje en clave entre usted y otra persona del auditorio. ¿Me equivoco?

—No..., tiene usted toda la razón —respondió Antoine con voz inexpresiva.

La chica que transmitía la promesa de una bonita velada acababa de devolverlo, sin querer, a los tiempos de la despreocupación, a los tiempos en que Louise se colaba por sorpresa entre sus alumnos. Antoine ahuyentó enseguida la nube de nostalgia que se proponía ensombrecer su semblante.

El tiempo pasó por ellos como por un par de amigos que tuvieran mucho que contarse. La chica pensó varias veces en lo sorprendente que era que aquel hombre tan erudito no tuviera nada que hacer aquella tarde. Se lo cruzaba por la calle, y estaba libre. Si hubiera sido menos guapa, seguramente Antoine habría acortado el encuentro. Mientras ella hablaba, él lanzaba miradas furtivas para examinar su cuerpo. Aquella chica era sublime. Cuanto más avanzaba la noche, más se preguntaba cómo había podido olvidarla. Para colmo, era realmente agradable que una joven deseable le regalara los oídos con cantidad de cumplidos; rememoraba sus clases con voz trémula. Era la primera vez que se veía en esa clase de situación. Desde que había empezado su relación con Louise, jamás se había planteado averiguar si podía o no gustar. Había vivido llevando las felices anteojeras de la fidelidad. Ahora era como

---

te que se estaba estableciendo entre ellos se habría fastidiado al decir: «Por cierto, ¿podrías recordarme tu nombre?».

si se le revelase un nuevo mundo. Aquella chica iba a mudarse a Hamburgo, lo admiraba locamente, se cumplían todos los requisitos para vivir un momento mágico. Se cumplían todos los requisitos para arrancarle un poco de belleza a la monotonía.

Se arrimó a ella y le puso una mano en el brazo.
—¿Qué hace? —preguntó de pronto la chica.
—Nada. Estaba pensando que tal vez podríamos seguir charlando en mi casa.
—¿En su casa? Pero ¿por qué?
—No lo sé..., para estar los dos.
—Pero si ya estamos los dos... aquí..., en este café.
—...
O se hacía la tonta, o no tenía ninguna gana. Antoine detectó de inmediato un cambio en la actitud de la chica. Le pareció menos entusiasta, por no decir profundamente defraudada. Era incomprensible. No había parado de cubrirlo de elogios, hasta el punto de que él se permitiera tamaña audacia. Él había confundido la admiración con el deseo. A ojos de la antigua alumna, representaba no solo una autoridad asexuada, sino, simple y llanamente, un hombre demasiado mayor para ella. Por supuesto, la chica había comprendido la insinuación de Antoine, y pocos minutos más tarde alegó que tenía que volver a casa. Fingió haber pasado un rato estupendo, pero no hacía falta ser un lince para percibir la decepción final. Aquella cita había pasado a ser el *Titanic,* hundiéndose de repente en unas aguas glaciales. Ese hombre solo había escuchado sus historias con el propósito de obtener un desenlace sensual para la velada. Y eso casi le provocaba náuseas. Estrechó la mano de Antoine con una sonrisa de cortesía. Él la vio alejarse, diciéndose que jamás había perdido tan rápido la estima de una persona. Con Louise había tardado años; ahora, en cosa de una hora, había pasado de la fastuosidad a la mediocridad. Su declive se aceleraba.

12

Siempre hay indecisión cuando uno cambia de vida. *Hay que tomar el pulso a las cosas,* como le gusta decir a la gente. Antoine aborrecía esas frases hechas; le daban ganas de matar a quienquiera que le hablara de *rehacer su vida.* Tenía que dar con el modo de abordar las relaciones humanas bajo otro prisma. En otras palabras: vivir en pareja lo había sumido en una suerte de mecánica social, y ahora tenía que reorganizarlo todo. El desencuentro con la antigua alumna era un ejemplo paradigmático. Antoine no se había mostrado especialmente grosero ni pagado de sí mismo, no, sencillamente le había faltado lucidez. La comprensión de los demás, la lectura de sus actitudes, en eso tendría que trabajar Antoine para su recomposición emocional.

El entorno profesional era lo único inmutable. Su trayectoria sentimental no había modificado su trayectoria intelectual. La enseñanza promueve a veces una doble personalidad, pues consiste también en representar un papel delante de los alumnos. Louise se lo había dicho durante el almuerzo: veía a dos Antoine. Y ese era, seguramente, el motivo por el que su vida en Bellas Artes no le parecía sujeta a su desmoronamiento personal. Estaba lejos de ser el único enseñante envuelto en esa forma de esquizofrenia. Hay cantidad de profesores autoritarios que rezuman docilidad los domingos. Y maniáticos del método que se ahogan en un vaso de agua nada más acabar las clases. Así pues, Antoine podía ser una autopista en la universidad, mientras que el resto de su vida se parecía más a una sucesión de comarcales, de caminos sin asfaltar, y a veces incluso de callejones sin salida.

Le agradaba escuchar a sus alumnos: sus sueños, sus anhelos, sus esperanzas. A veces era complicado. La nueva generación se le antojaba demasiado alejada de la suya. Todavía no había cumplido los cuarenta y sin embargo percibía un abismo profundo. La mayoría de sus estudiantes se orientaba hacia carreras profesionales del ramo de la conservación del patrimonio o la gestión de instituciones culturales. Pero también había artistas que consideraban imposible plasmar su impronta en el presente sin poseer un conocimiento preciso del pasado. Estos últimos no tenían ninguna obligación de matricularse en los seminarios de historia del arte. Pero la reputación de Antoine era excelente. Muchos valoraban su manera de interesarse por cada alumno, de considerarlo, de estar dispuesto a escucharlo sin juzgar. Cuando corregía exámenes, Antoine invertía tiempo en dar con la palabra justa en sus anotaciones. Le gustaba enfrentarse, de noche o en fin de semana, con todos aquellos pensamientos originales, y alternaba momentos de auténtica admiración ante la pertinencia de tal o cual reflexión con otros de pura irritación frente al enfoque o el desparpajo de un comentario. Louise le decía siempre que él no corregía exámenes, sino que los vivía.

13

Tras varios días de dudas, Antoine decidió retomar lo que tendría que haber abandonado. Quería saber dónde vivía Louise, convencido de que le serviría para *pasar página* definitivamente.* Se plantó en la terraza del mismo

---

* Antoine también consideraba del todo absurda esta expresión. Nada es más sencillo, en sentido literal, que pasar página. No se podía comparar con el sentido figurado, que evocaba una ruptura radical con el pasado. En esos casos, se debería más bien decir *cambiar de libro*.

café. Y las cosas discurrieron de idéntica manera. Louise salió del edificio, esperó un poco la llegada del hombre. Él la besó en la nuca, exactamente como la primera vez. Se trataba, no obstante, de dos seres humanos en plena posesión de sus capacidades para variar sus gestos. Pero es posible que en los inicios del amor se imponga un sentido abrumador de lo ritual, como si lo más importante fuera no poner en peligro la sutil mecánica de una felicidad naciente.

Se marcharon en la misma dirección que la vez anterior. En sus movimientos se advertía ese acoplamiento paradójico, a un tiempo apresurado y soñador; querían volver a casa rápidamente sin dejar de disfrutar de su deambular a dos. Antoine recordaba muy bien esos momentos. Al principio de su historia con Louise, él también la esperaba a la salida de la facultad, y cuando se encontraban, hasta el trayecto más insípido adquiría un cariz maravilloso. Se le antojaba como algo muy remoto y a la vez muy presente, como si la ruptura hubiera borrado los años de fatiga para revelar únicamente el resplandor de lo perfecto.

En esta ocasión ninguna alumna embelesada vino a interrumpir la vigilancia. Antoine se mantenía a una distancia prudencial para no ser visto. Se detuvo un instante. ¿Qué pensaría Louise si lo viera? Se pondría hecha un basilisco, de eso no cabía duda. Él negaría la evidencia, por supuesto, pero sembraría la duda, transformando la tristeza de la separación en algo inquietante, por no decir malsano. Por suerte, ella no se dio cuenta de nada. Aquella zona de Lyon era ideal para una persecución discreta y a una distancia suficiente. La pareja recorría el quai Victor-Augagneur en lugar de las callejuelas del casco antiguo. Atravesaron el puente Lafayette, giraron a la derecha por la rue de la République y a continuación enfilaron la rue Neuve, a la izquierda. En ese momento, Antoine aceleró el paso para evitar perderlos de vista. Había dejado una buena distancia de seguridad tras pasar el puente. En el momento en que llegó al cruce con la rue Neuve, vio que la pareja entraba en un portal. Allí era, entonces. Pensó por un instante en la simbología indiscutible del nombre de la calle: «Nueva».

Antoine se planteó acercarse al portal del edificio, pero le pareció demasiado arriesgado. ¿Y si Louise abría la ventana? Lo descubriría inmediatamente. Al final, encontró un rincón lo bastante protegido desde el que podía observar el bloque sin ser visto. Distinguió varias luces en los pisos, pero no llegó a localizar a la pareja. Tal vez vivieran por el otro lado, sí, seguramente, más tranquilos, con vistas a un jardín o a un patio interior. ¿Qué podía hacer? Aquello no tenía ningún sentido. Había visto al otro hombre, había visto feliz a Louise. Con eso tenía suficiente, ya podía dar media vuelta.

Como un pozo sin fondo, experimentó entonces un nuevo deseo. La hijastra. Quería ver su cara. Pero no iba a apostarse allí a diario. Quizá ese día estuviera con su madre. En el preciso instante en que Antoine formulaba estos pensamientos, Louise, acompañada de su hombre y de su hijastra, salió del edificio. El corazón de Antoine dejó de latir. Se encogió. Por fortuna, el trío se alejó sin pasar por delante de él. Antoine recuperó el buen ánimo y se puso a seguirlos. Le temblaba todo el cuerpo, no sabía muy bien qué hacía allí. Ah, sí, quería ver la nueva vida de Louise. No había tenido tiempo de observar detenidamente a la chica; pero no le sonaba de nada; a priori, no era alumna suya. Unos metros más allá, los tres entraron en un restaurante chino, y se hizo de noche.

De nuevo, Antoine se colocó en un lugar desde el que podía ver la escena sin ser visto. Le resultó fácil, puesto que el trío se había sentado cerca de la ventana. Louise estaba a un lado, y el padre y su hija al otro. La camarera les dirigía amplias sonrisas, señal de que eran habituales del local; Louise y sus nuevas costumbres. El hombre se levantó, seguramente para ir al baño, y las dos mujeres se quedaron frente a frente. Antoine solo pudo constatar su complicidad. La hija hablaba sin cesar, seguramente haciéndole confidencias, y Louise ejecutaba esos pequeños asentimientos que Antoine conocía de memoria; se mostraba comprensiva, y al final dijo algo, un consejo o una apreciación personal, que la joven pareció agradecerle. El padre volvió y los platos llegaron casi al mismo tiempo, dando vueltas de felicidad.

Cenando detrás de aquel cristal, estaban como dentro de un marco majestuoso. Un instante de vida en el que la plenitud se palpaba en el aire. Antoine, que siempre andaba analizando cuadros, se hallaba ante una obra etérea, en la que parecía no faltar nada. Había complicidad y sencillez. El propio decorado, que habría podido resultar basto, no lo era. Antoine contempló largo rato a la joven de dieciocho años. Parecía a gusto, como una niña muy querida por sus padres. Él no recordaba haber cenado nunca en un restaurante con sus padres. La familia perfecta le estallaba en la cara, y Antoine ya solo veía una cosa: la silla vacía al lado de Louise. Era el símbolo de su ausencia. La prueba de que él no estaba invitado a participar en la nueva vida.

14

Antoine no quería volver a ver a Sabine. Tenía la sensación creciente de que ella esperaba algo más. En otro momento de su vida, quizá, habría podido vivir con ella; pero dadas las circunstancias, sus expectativas lo agobiaban. De la misma manera que Louise no había podido imaginarlo como el padre de sus hijos, él no se imaginaba manteniendo una relación estable con Sabine. Las evidencias del corazón no siempre tenían explicación.

Tuvo que poner en palabras su decisión. Habló del abismo que se había abierto entre sus intereses. Una pareja no podía ser una unión solidaria contra el tedio. Sabine lo había entendido hacía tiempo. Se pusieron de acuerdo para una última cita, que fue más dulce que tórrida. Hasta podría hablarse de cierta ternura. Y así se separaron, sin fricciones, aunque no sin cierta amargura por parte de Sabine. La cuestión era saber si podían reanudar su relación inicial. ¿Podían comer juntos de vez en cuando, hablar de manera anodina de la facultad o del fin de semana anterior, después de haber hecho tanto el amor? No lo conseguirían. Ahora el silencio cimentaría su relación. El sexo había destruido todo aquello que antes los unía.

A veces, coincidían en reuniones administrativas. En esos casos procuraban situarse cada uno en un extremo de la mesa, actitud que resultaba tanto más absurda cuanto que todo el mundo conocía su antigua complicidad. Este distanciamiento subrayaba la ruptura en lugar de secundar la discreción de evitarse. Los rumores de su aventura alimentaron los pasillos de Bellas Artes hasta que una nueva pareja enardeció aún más las habladurías. Dejaron de existir hasta en los cotilleos.

Por extraño que pudiera parecer, a tenor de los últimos días, Antoine estaba bien. Como si se hubiera quitado un peso de encima. Le había hecho falta la historia con Sabine, le había hecho falta perseguir a Louise. Dos movimientos que podían parecer distintos y sin embargo respondían a una misma necesidad, la de escuchar sus intuiciones para sobrevivir al seísmo íntimo. Ahora Antoine quería hacer todo lo que había dejado de hacer, ir al cine y leer en los parques. Es una sensación que puede experimentarse cuando uno sale indemne de un periodo negro. Era consciente de que acababa de atravesar una zona de turbulencias como nunca antes había vivido. Una zona que le había impuesto un cuestionamiento total. Por primera vez, se sentía adulto.

15

A diferencia de lo que había creído en un primer momento (debía admitir también la imprecisión de su instinto), los alumnos nuevos no estaban especialmente distraídos. A través del prisma de su malestar general, Antoine había visto agresiones ficticias aquí y allá. Uno de los seminarios estaba compuesto, incluso, de estudiantes particularmente aplicados. Eso le daba mucha alegría. Cada clase le parecía un triunfo. Había reacciones, bastante interacción, una auténtica emulación colectiva. Varias veces se había desviado del programa para proponer debates sobre tal o cual exposición que se celebraba en Lyon. A Antoine le apetecía sacarlos de su atrincheramiento, hacer lo posible por que un pensamiento no fuera un destello, sino el fruto de un proceso intelectual.

En el núcleo de esta clase había una chica que Antoine consideraba especialmente brillante. Hay sueños que atraviesan su rostro, había pensado, sin saber muy bien lo que quería decir eso. A pesar de que parecía estar siempre en otra parte, Antoine estaba impresionado por la amplitud de su cultura y su capacidad de concentración. De ahí que no le sorprendiera que le entregase el mejor trabajo en la última prueba escrita. Antoine se había paseado entre los alumnos para devolver los exámenes, intentando tener unas palabras para cada uno de ellos, ya fuera de decepción o de ánimo. Cuando le tocó a Camille, encadenó varias frases muy elogiosas. La joven estudiante no suscitaba envidias, antes bien, todo el mundo creía que se merecía estar en lo más alto de las calificaciones, y fue felicitada. Ella, por lo común reservada, esbozó una amplia sonrisa al recibir su examen aquel día.

Tercera parte

1

Cuando Camille Perrotin vio a su madre aquella tarde, todavía no se le había borrado la sonrisa.

2

Desde hacía poco vivía sola en un estudio cerca de Bellas Artes, pero los fines de semana le gustaba volver a casa de sus padres, que vivían en un chalet en las afueras de Lyon. A decir verdad, durante toda su adolescencia, Camille había vivido sobre todo con su madre. Su padre era vendedor de seguros y desaparecía regularmente, cuatro o cinco días seguidos. Entre Isabelle y su hija flotaba un interrogante cotidiano: «¿Dónde está papá?». Y ninguna sabía responder. Dijon, Limoges, Toulouse, ¿acaso importaba, a fin de cuentas? No estaba, eso era lo principal. La madre de Camille era enfermera en el centro hospitalario Saint-Joseph Saint-Luc; su día a día no era más que un criadero de quejas. Por las tardes volvía molida a casa, y reconocía que no siempre había tenido mucha energía para dedicarse a su hija. Cuando vio el semblante feliz de Camille esa tarde, se sintió conmovida. La interrogó: «¿Una buena noticia?». La chica no contestó; no quería compartir aquella dicha tan poco habitual por temor a desperdiciarla mediante palabras. Su profesor la había felicitado otras veces, pero por primera vez Camille se sentía en condiciones de valorar su reconocimiento. Desde que había entrado en

Bellas Artes se sentía cada vez mejor; y le gustaban de manera especial las clases del señor Duris.

Isabelle volvió a pensar en aquella sonrisa mucho después de que Camille hubiera salido de la estancia. Intercambió algunos mensajes con su marido, lo que no entraba en sus costumbres. A veces no hablaban durante días. Era extraño algo así en una pareja, pero no querían forzarse, hacer preguntas mecánicas cuyas respuestas no siempre les interesaban. Las peripecias médicas de su mujer no volvían loco a Thierry, al igual que Isabelle no tenía la menor curiosidad por conocer los itinerarios de su esposo. Iban a lo esencial. Esto confería a su relación un talante que habría parecido abrupto a otros pero que a ellos les resultaba de lo más conveniente. Sin embargo, esa noche Isabelle tuvo ganas de contar la sonrisa de Camille. Y Thierry posó el tenedor en el mantel de papel. Estaba solo en medio del salón del restaurante de un hotel Ibis, acabando el plato principal del menú especialmente concebido para representantes comerciales. La noticia le alegró el día. Incluso tuvo la sensación de oír aquella sonrisa. A veces, la aparición de algo que hemos esperado mucho tiempo transforma el silencio en algarabía.

Al emprender los mismos caminos de la memoria, Isabelle y Thierry recordaron los últimos años. Costaba determinar en qué momento se habían torcido las cosas. Por lo demás, sus opiniones diferían con respecto a este punto. La madre pensaba que Camille se había sumido de repente en una suerte de letargo, mientras que el padre consideraba que la morbosidad había ido llegando progresivamente. Daba igual. El resultado era el mismo. Camille ya no era la niña alegre de su infancia; la despreocupación había escapado de ella.

Isabelle había pasado horas en internet, intentando entender qué ocurría, comparando la vida de los demás con los síntomas que creía identificar en Camille. ¿Esquizofrénica, bipolar, depresiva? Los testimonios eran a cuál más espeluznante. Más valía dejar de navegar por los foros y solicitar por fin una opinión médica. El médico de cabecera de la familia no entendía gran cosa de desarreglos psíquicos, pero quería ayudar.[*] Siempre adoptaba un aire muy serio, como si pretendiera que en su rostro se leyeran sus títulos. Se dirigía a Camille como a una niña:

—Dime qué es lo que te pasa. Me cuenta tu madre que casi no comes. ¿Te duele algo?

—...

Camille acababa de cumplir dieciséis años. Su comportamiento preocupaba a sus padres desde hacía varias semanas. Ella, que siempre había sido una alumna brillante, iba al instituto a regañadientes. Su madre no paraba de preguntarle si había ocurrido algo. No, nada, no, nada, repetía ella. Ya no tenía ganas de levantarse, sin más. Un día, por fin, había murmurado: «Siento dentro de mí un peso imposible de levantar». Su madre ya había oído comentarios similares en el hospital, en boca de pacientes con depresión. Cada gesto se volvía de una pesadez insoportable. Isabelle supuso que tendría que ayudar a su hija en su día a día, facilitar hasta el más mínimo de sus movimientos, y que así recobraría la energía. Quería llevarla al instituto por las mañanas, ir a buscarla por las tardes. Pero de nada servía: Camille no quería salir de la cama. Isabelle experimentaba un espantoso sentimiento de impotencia.

Sentado junto a Camille, el médico no sabía qué decir, de modo que le tomó la tensión, le palpó un poco los ganglios, la hizo toser, incorporarse y tumbarse de nuevo; in-

---

[*] Lo suyo eran las bronquitis, incluidas las agudas.

tentaba ocultar su incomprensión mediante gestos conocidos. Los análisis de sangre eran normales.

—Me lo puedes contar todo. Sabes muy bien que soy amigo de la familia. Te conozco desde que eras un bebé.

—Ya lo sé.

—Pues entonces dime qué te pasa. Dime qué te duele.

—No me duele nada —replicó Camille en un tono definitivo, esperando así poner fin a la consulta. Quería que la dejaran en paz. Cuando estaba sola y sumida en la negrura, el dolor se volvía casi soportable.

Pero su madre no podía tirar la toalla.

—Cariño mío, te lo suplico..., dile al doctor qué es lo que te pasa..., ayer me lo dijiste..., que no te encontrabas bien...

Era inútil. Como intentar examinar a una pared. El médico se levantó, haciéndole una seña a Isabelle. Cualquiera habría pensado que había sido tocado por la gracia de la genialidad médica y acababa de hallar la solución. La madre se acercó, y él susurró:

—A veces los hijos no quieren contar nada delante de los padres. Tal vez sería mejor que nos dejaras solos. Por intentarlo...

Isabelle obedeció.

El médico salió pocos minutos después, acompañado de todas sus tentativas estériles por hacer hablar a la chica. Se notaba que tenía ganas de decir: «No le pasa nada. Solo está intentando hacerse la interesante, como todas las niñatas de su edad», pero, en vista de la cara de preocupación de la madre, era preferible contenerse. Decidió embarcarse en una serie de banalidades:

—Mira, me parece bastante típico de la adolescencia.

—¿Tú crees?

—Sí. Uno sale de la infancia, que es como un paraíso. Vivimos mimados, siendo el ombligo del mundo. Pero luego hay que crecer. Nos damos cuenta de que la vida es dura. Recuerdo que yo también tuve bajones a esa edad. No, de verdad, Isa, descuida... Es una depre típica. Veo muchas en la consulta, adolescentes que se hacen góticos y se visten de negro.

—Pero Camille no hace nada de eso.

—Ya lo sé. Pero el malestar es propio de la edad. Unos fuman porros, otros se meten en la cama. Sinceramente, diría que hasta tienes suerte; podría ser peor. Tú piensa que solo es una mala racha, y que pasará.

—Espero que tengas razón.

—Hazme caso. Hay que intentar distraerla.

—No quiere hacer nada.

—¿Y el instituto? ¿Ha perdido muchas clases?

—Más de una semana. Yo quería que fuera esta mañana. Me ha montado un número. Ya no sé qué hacer.

—Puedo recetarle ansiolíticos, pero no estoy seguro de que sea la solución.

Tras un breve silencio de vacilación, prosiguió:

—Tal vez deberías consultarlo con un psiquiatra.

—No está loca.

—Yo no he dicho eso. Sé perfectamente que no está..., pero necesita un seguimiento, sin duda. En cualquier caso, su problema no es competencia de la medicina general.

—No te entiendo. Acabas de decirme que es una depre de manual y ahora quieres que la vea un especialista...

—Estoy buscando una solución contigo. Hay que probar distintas posibilidades, es lo único que te digo. ¿Y el dibujo? ¿No era su gran pasión?

—Sí, pero hasta eso ha dejado de interesarle. Parece que ya no le gusta nada.

Un interrogante atravesó súbitamente al médico:

—¿Seguro que no le ha pasado nada?

—¿Cómo?

—¿Estás segura de que no ha ocurrido algo en su vida?

—¿Algo como qué?

—No lo sé. Nada en concreto. Alguna historia con un chico... o, no sé...

—Qué va, me lo habría dicho. Nos lo contamos todo.

Esta última frase la pronunció Isabelle sin convicción, sabedora de hasta qué punto su hija se le escapaba. A decir verdad, era mucho peor: ya no la reconocía. Acabó por decir:

—¿Crees que podría haberme ocultado algo?

—Puede ser, no lo sé. ¿No lleva un diario?

—No.

—¿Tiene cuenta en Facebook?

—Desactivada, creo.

—¿Crees, o estás segura?

—Estoy segura.

—Investiga un poco. Llama a sus amigos. Puede que encuentres algo.

—Sí —respondió Isabelle, diciéndose a sí misma que debía plantearse seriamente una intrusión en la vida de su hija.

—En cualquier caso, aquí me tenéis para lo que os haga falta.

—Gracias por todo.

El médico se acercó a Isabelle con un gesto cordial. Ella le propuso tomar algo, pero él prefirió marcharse. Era muy amigo de Thierry, y aunque la situación no tenía nada de ambiguo, había algo que lo incomodaba. Sin que supiera realmente qué. El ambiente, tal vez. La pesadez, sin duda. Pensándolo con más detenimiento, se dijo que no se trataba de la típica crisis de adolescencia. Había tenido que pasar algo grave.

3

Un poco más tarde, ese mismo día, volvió Thierry. Su mujer le habló de la cita con el médico. Según el padre, ningún especialista podría aliviar a su hija. Durante el último viaje no había parado de pensar en ella, y había concluido que él era el único que podía actuar. Él, su padre. Iba a intentar trabajar menos. «Mi hija me necesita», dijo, sencillamente. Eran más de las diez, y sin embargo decidió ir a hablar con Camille. Llamó tres veces a la puerta.* Ella no contestó, pero Thierry decidió entrar igualmente. Para su estupefacción, su hija estaba dibujando, tan concentrada que no había oído nada. Qué maravillosa visión para su padre; hacía semanas que había dejado de ejercer su pasión.

Avanzó hacia ella despacio, con el corazón acelerado. Si dibujaba otra vez, era señal de que estaba mejor, de que tal vez todo volvería a ser como antes. Pero, una vez a su lado, se detuvo en seco al descubrir el boceto en proceso. Era de una negrura terrible, rayano en lo repugnante, una especie de escarabajo con tentáculos. En ese momento Camille se volvió, sin manifestar la más mínima sorpresa al advertir la presencia de su padre; estaba tan aletargada que nada la sobresaltaba ya. Le dio un beso rápido. Thierry prefirió no hacer alusión al carácter aterrador del dibujo que acababa de ver, sobre todo porque el suelo estaba cubierto, se percataba ahora, de otra decena de creaciones igualmente morbosas.

4

Meses antes, Camille había empezado a pintar. El nacimiento de esta pasión había tenido su origen en una excursión escolar. Aquel día había experimentado una especie de revelación. Un nuevo mundo se le ofrecía de pronto. A decir verdad, Camille estaba poco acostumbra-

---

* Era su código cuando Camille era pequeña. Tres golpes, y así ella sabía que se trataba de su padre. Entonces debía dar permiso para que pasara.

da a las visitas culturales. Los fines de semana, sus padres preferían llevarla a dar largas caminatas por el bosque, o bien se iba de pesca con el padre. Últimamente lo hacían menos, y lo echaba en falta. Pero durante toda su infancia había pasado unos domingos silenciosos y soñadores. Sin duda, esto había fomentado una naturaleza introvertida, acentuada por el hecho de ser hija única. Cada lunes por la mañana, la vuelta al colegio era algo así como una conmoción. Tenía que retomar un ritmo desenfrenado. En cierto modo, llevaba una vida bicéfala.

Su carácter reservado no le impedía tener muchos amigos. Camille sabía escuchar. Era de esas personas de pocas palabras a las que atribuimos inteligencia y a las que inmediatamente hacemos confidencias muy íntimas. A ella, por su parte, no le agradaba exponerse. Durante tres meses estuvo saliendo con un chico que tenía un año más que ella; paseaban de la mano y se besaban en *su escondrijo,* un rincón apartado del gran parque situado en las proximidades del instituto. Luego, la historia había terminado sin que nadie supiera realmente el porqué. Fue Jérémie quien decidió cortar. Días más tarde fue visto con otra chica de su clase. Camille los veía caminar, de la mano ellos también, y puede que fueran a besarse a *su escondrijo,* mancillando así la memoria de algo que a ella le había parecido único.

Camille conservaba un regusto amargo de aquella historia que, en cuestión de días, había pasado de la belleza a la fealdad. Pero no quería compartir con nadie lo que había ocurrido. Iris, su mejor amiga, logró por fin hacerla hablar:

—Quería que nos acostáramos. Yo no me sentía preparada.

—¿Cómo? ¡Tendrías que haberle dicho que sí! —replicó Iris con un don para el consuelo más bien sorprendente (pero hay que entender que ella habría dado cualquier cosa por estar en la piel de su amiga).

—Yo quería esperar un poco aún —dijo Camille.

—Vale, de acuerdo. Pero Jérémie Balesteros..., ¡por favor!

—Me ha decepcionado mucho. No iba a tenerlo esperando diez años. Unas semanas de nada, quizá menos... Y ya ves, no solo me ha dejado sino que no ha tardado nada en liarse con otra. Total, que, al final, mejor así. No me arrepiento de nada.

—El príncipe azul no existe. Como lo esperes, te vas a morir virgen —concluyó Iris.*

Camille se esforzaba por ver el lado positivo de las cosas. Progresivamente llegaría a extraer lo mejor de lo que había vivido con Jérémie, en especial los besos; no se cansaba de decirse hasta qué punto era divino besar a un chico. A veces dejaban las lenguas en suspenso, casi inmóviles, y se quedaban así durante varios minutos intensos de sensualidad.

5

Pero volvamos a la excursión escolar que había supuesto un giro en la vida de Camille. El profesor que organiza esta clase de salidas culturales no pierde la esperanza de que los alumnos queden marcados, algunos incluso maravillados. Sin embargo, con frecuencia la realidad resulta mucho más decepcionante. La mayoría se hacen los sordos ante la idea de tener que tragarse una visita guiada a un museo. Otra vez iban a desgranar las intenciones de un artista que

---

* De hecho, Iris pondría en práctica su punto de vista al acostarse con el primero que llegó. Una experiencia que se revelaría catastrófica. Para darle ánimos, Camille pronunciaría esta enigmática frase: «En todo fracaso hay un anticipo del triunfo que está por llegar».

llevaba tres siglos criando malvas, analizando durante horas por qué había puesto un rojo aquí y no un verde allá, pero bueno, mejor eso que pudrirse en clase. A decir verdad, el profesor no impuso nada ese día, ni guía, ni obligaciones. Cada uno podía ir a su aire. Les ofrecía un paseo por el Museo de Bellas Artes de Lyon. La única consigna: escoger una obra, pictórica o escultórica, y explicar en un folio los motivos de su preferencia. El profesor añadió: «Tenéis el inconveniente de la elección. Vais a ver obras de Bacon, de Picasso, de Gauguin..., en fin, que hay material para extasiaros». Siempre había parecido un poco desfasado, pero se percibía en él una voluntad inalterable por hacer las cosas bien.

Camille se alejó sola. Enseguida la invadió una intensa emoción, la de zambullirse entre los siglos y las obras. Todo un mundo de belleza se le ofrecía, súbita, pavorosamente.

Pasó por delante de un lienzo pintado por dos polacos. Camille sabía que existían dúos en cine o en literatura, pero pintar a cuatro manos le pareció bastante original. Continuó su camino y se detuvo delante de un cuadro de Théodore Géricault, *La monomaníaca de la envidia*. Fue como una evidencia. Todo la atraía, en especial la mirada de la anciana, poseída por una suave demencia. Más tarde, Camille descubriría el gusto de ese pintor por los alienados. A pesar de todo, percibía en él, a despecho de la crueldad y la frialdad aparentes de su trabajo, una fuerza bondadosa; como si tratara de salvar un alma perdida del dédalo de la locura. Era un cuadro cautivador que perviviría mucho tiempo en ella.

El profesor se alegró especialmente de sentir la emoción de su alumna. Ya desde el trayecto de regreso, Camille confesó no tener más que una ilusión: volver. Él le aconsejó que fuera también al Museo de Arte Contemporáneo, algo que ella haría durante las vacaciones siguientes, en febrero. Empezó a comprar libros de arte de ocasión, a descubrir nuevos pintores, épocas y colores. Compartía su entusiasmo con su madre. Isabelle tenía tendencia a encontrarlo todo formidable, en parte para acortar las fantasías interminables de su hija. Una noche, comentó del modo más anodino posible: «Si tanto te gusta la pintura, ¿por qué no pintas tú?». Camille nunca se lo había planteado, pero su madre tenía razón, en su atracción había algo más que un ansia de conocimientos. Su deseo era orgánico: ella quería crear.

6

El fin de semana siguiente compró pinceles y tubos de pintura. Quería empezar de manera artesanal; en aquel momento, el deseo era más fuerte que la inspiración. No sabía qué pintar. Daba igual. El mero hecho de tener un caballete delante y de llevar delantal y paleta la colmaba de una satisfacción total; los preliminares de la creación son ya un éxtasis en sí mismos. Pensó: «Lo que hago es lo que siempre he querido hacer». Acababa de descifrar una intuición que flotaba en su cuerpo. La de vivirse como artista. Todo cuanto había vivido hasta entonces no había sido más que una espera inconsciente de lo que estaba ocurriendo en ese instante.

Se acabaron las caminatas por el bosque los fines de semana. Camille prefería pintar. Sus padres la dejaban de buena mañana para reencontrarla al final del día en un frenesí que parecía inagotable. Les preocupaba que sus resultados escolares se resintieran un poco, pero en el fondo era una alegría ver a su hija tan colmada por una pasión, sobre todo la pintura, a una edad en la que a veces los chicos se estancan en la inacción. Además, a Camille se la veía sinceramente realizada. Sus padres seguían sus progresos con orgullo. El universo pictórico de su hija empezaba a definirse, una suerte de realismo con leves incursiones en el onirismo. Sus cuadros eran, por lo común, bastante sutiles, con colores desprovistos de agresividad; se podría haber dicho que su pintura tendía la mano.

—He pensado que tal vez deberías mostrar lo que haces —arrancó Isabelle una tarde.

—No le interesaría a nadie. Además..., yo pinto para mí.

—Lo sé. Pero ayer mismo me comentabas lo mucho que te gustaría progresar.

—Sí.

—Te vendrá bien una opinión, entonces.

—Puede ser.

—He pensado en Sabine.

—¿Tu compañera?

—Sí.

—Ella no sabe nada de pintura.

—Ella no, su marido. Es profesor de dibujo en un instituto privado.

—No lo sabía.

—Les puedo proponer que vengan a tomar algo el sábado, si te parece bien.

—Sí, por qué no.

Camille había fingido indiferencia, pero la idea la seducía mucho. La conmovía ver hasta qué punto su madre se esforzaba por ayudarla a cumplir sus sueños. Quiso darle las gracias, pero el pudor retenía dentro de ella las palabras de la ternura.

7

El sábado siguiente se juntaron los cinco en torno a una mesa. Camille y sus padres, y Sabine con su marido, Yvan. Fue un aperitivo tranquilo, la reunión desprendía una cortesía extraña, casi parecía que se veían todos por primera vez.

A Camille le sorprendió ver a Sabine en minifalda y zapatos de tacón. Normalmente se la cruzaba cuando iba a buscar a su madre al hospital. Siempre la había considerado una personalidad seria y discreta. La aparición de aquel sábado, rayana en la vulgaridad, desentonaba. A su marido, en cambio, lo descubría ese día. Parecía muy majo, transmitía hasta en los gestos más insignificantes una especie de voluntad de hacer lo correcto. La chica se preguntaba por qué se atiborraba de pistachos, si ya tenía un claro sobrepeso. Sin duda, las anécdotas de las enfermeras no lo apasionaban. Isabelle y Sabine hablaban de una colega que sufría depresión, una tal Nathalie que seguramente no volvería al hospital. Cada uno subsanaba el aburrimiento como podía; un pistacho podía bastarle a un hombre sin dobleces. Además, había que reconocer que Thierry e Yvan no tenían nada que decirse. A uno le gustaba la pesca, al otro la ópera; uno viajaba, el otro era sedentario; a uno le gustaba el fútbol, al otro le horrorizaba el deporte; uno votaba a la izquierda, el otro a la derecha; uno no tenía hambre, el otro vaciaba el cuenco de pistachos. En suma, que aunque los dos estaban casados con una enfermera, resultaba evidente que aquel pequeño aperitivo al fin y al cabo simpático no se repetiría todos los sábados.

Abordaron el tema que había originado el encuentro: la pasión de Camille por el dibujo. Isabelle se embarcó en un elogio nada creíble por partida doble: porque no entendía nada de pintura, y porque era la madre de la interesada. Thierry le hizo una seña para que dejara hablar a Camille, que se puso a contar, con palabras sencillas pero precisas, por qué se sentía viva cuando pintaba. Estaba a todas luces fascinada mientras hablaba de ello; y contagió a todos los presentes. Yvan acabó por proponer que fueran al cuarto a ver los dibujos. Camille se levantó, y él fue detrás.

El profesor se quedó un buen rato delante del primer boceto. Camille pensó que aquel silencio no auguraba nada bueno. Debía de estar buscando las palabras adecuadas para explicar por qué le parecía malo. Pero no, todavía no había dicho nada. Necesitaba dominar lo que veía. Camille lo notó muy diferente; ya no tenía nada que ver con el hombre que se moría de hambre durante el aperitivo. Todo lo contrario, se revelaba reflexivo y sereno. Al cabo de un momento, emitió por fin su juicio. Le gustaba mucho, quería ver más trabajos. Aliviada y contenta, Camille sacó decenas de dibujos, y también unos cuantos *gouaches* que acababa de hacer. El profesor se replegó de nuevo en su región silenciosa, todo concentrado. Pasados varios minutos, se sentó en la silla colocada delante del escritorio de Camille.

—Verás, yo entendí muy pronto que jamás sería artista. Me gusta una barbaridad la pintura, pero no tengo visión artística. Por eso enseño la técnica a niños y adolescentes. Pero tú, Camille..., te lo puedo decir: tú tienes algo. No sé exactamente qué. Pero lo que veo es muy original...

Yvan pronunció algunas palabras más en esa línea. Camille ya casi no lo escuchaba, sentía una especie de zumbido en los tímpanos, como si la felicidad fuese una escandalera interior.

Lo que aquel hombre le estaba diciendo la halagaba. Camille se vivía artista, y estaba segura de poseer una voz particular; era la primera persona ajena a su círculo que le confirmaba lo que ella ya sentía.

—Cuando vivía en París —prosiguió Yvan—, intenté pintar. Era malo, pero que muy malo...

—No diga eso.

—Pero es que no pasa nada por no tener talento. Simplemente hay que tener el talento de reconocerlo.

Camille sonrió, antes de preguntar:

—Pero ¿por qué se fue de París?

—Ah, esa es otra historia.

Sin duda se habían pasado un buen rato en la habitación, pues fueron recibidos por un «Hombre..., ¡por fin!» de Sabine. Nada más sentarse en el sofá, Yvan confirmó:

—Esta chica tiene verdadero talento.

—¡Eso ya lo sabía yo! —exclamó la madre.

—Lo que hace es muy poco común. Tiene una madurez sorprendente.

—Sí, es cierto —convino Isabelle.

—Eso sí, le falta técnica. Necesita una base mejor. No tiene mayor importancia. Aprenderá enseguida. Le he propuesto que venga a verme los miércoles por la tarde.

—Qué majo —dijo el padre, cortando la misma réplica de la madre.

El anuncio fue seguido de un silencio. Entonces Isabelle propuso un brindis para celebrar el talento de su hija. Todos levantaron sus copas, pero en el momento en que se llevaban el alcohol a los labios, Sabine añadió:

—Y también por Nathalie...

A su colega depresiva la consolaría saber que no la olvidaban.

8

Camille dio las gracias varias veces a Yvan por recibirla en su casa. Él acabó por pedirle que pusiera fin a tal exceso de reconocimiento. Para él era un placer poder ayudarla. Normalmente, las tardes de los miércoles constituían su tiempo libre.

—Ni clases, ni mujer —precisó con una sonrisa un tanto insistente.

La chica notó a su anfitrión ligeramente incómodo, sin poder definir realmente la sensación. Era una impresión general: se movía mucho, por ejemplo, tanto que empezó a sudar y se le puso la cara colorada. Era evidente que intentaba hacer las cosas bien. «Qué hombre más majo», pensó de nuevo Camille. No obstante, le resultó sorprendente que Yvan insistiera en enseñarle todo el piso antes de empezar. Era la clase de hombre que te explica dónde está el baño antes siquiera de que le preguntes. Camille echó un vistazo al dormitorio conyugal, y de pasada juzgó demasiado ancha la cama. Él abrió también una puerta que daba a un cuarto relativamente vacío. Balbució:

—Cuando nos mudamos, dijimos que esta sería la habitación del niño. Pero... Sabine nunca se ha quedado embarazada. Total, que llevamos aquí veinte años y el cuarto sigue vacío...

—Lo siento mucho —suspiró Camille, un poco cohibida, pensando que eso era lo que había que decir en semejantes circunstancias.

Yvan preguntó si quería beber o comer algo.

—Tengo de todo —precisó con orgullo, como si el hecho de tener una nevera llena fuera una gran cualidad.

Camille explicó que ya había comido.

—¿No te importa si yo pico algo antes de que empecemos? —preguntó él.

—No, claro.

—Tengo un hambre canina. No he parado en toda la mañana...

Camille observó entonces cómo se preparaba un sándwich de paté que engulló a una velocidad asombrosa. Se bebió un vaso de Coca-Cola con idéntica avidez. Si bien en ocasiones parecía que se desplazara a tientas, su forma de comer rezumaba diligencia, por no decir una forma de radicalidad. No había lugar para la imprecisión en su relación con la comida. No parecía saciado, pero prefirió parar por miedo a quedar como un tragaldabas.

Ya en el salón, preguntó:

—¿No te parece que hace calor?

—No, estoy bien.

—Yo me voy a quitar el jersey —dijo con un aire serio que hizo reír a Camille—. ¿Qué? ¿He dicho algo raro?

—No... No... Es solo que tiene usted una manera muy curiosa de comentar todo lo que hace.

—¿Y no está bien? —se preocupó Yvan.

—Sí, muy bien. Seguro que yo no hablo lo suficiente.

—Tú eres una auténtica artista. Están los que hacen, y luego están los que hablan, como todos sabemos. Bueno..., ¿me has traído dibujos?

Camille fue a por su carpeta. Yvan la abrió con delicadeza. Buscaba las palabras idóneas para explicar lo que sentía.

—Mi objetivo es que progreses, así que voy a decirte las cosas muy claras.

—Sí, por supuesto.

—Me da la impresión de que te controlas un poquito de más. Siempre sabes lo que estás haciendo. ¿Me equivoco?

—No, es verdad. Seguramente no me dejo llevar lo suficiente...

A Yvan no le faltaba razón. Camille tenía una faceta de buena alumna: ejecutaba más de lo que vivía. Este primer comentario le decía muchas cosas. Esa noche, y los días siguientes, ella le daría muchas vueltas. Aquel hombre parecía entenderla muy bien. Quizá se convirtiera en una suerte de mentor. Camille estaba estupefacta de ver hasta qué punto aparentaba estar dispuesto a involucrarse con tal de ayudarla. ¿Vivía a través de ella lo que no se sentía capaz de lograr? Las vidas de los artistas suelen estar jalonadas de encuentros con hombres y mujeres que han digerido su frustración creativa y se han entregado por completo a los demás. Ya no hay, por lo tanto, la más mínima acritud, pues la transmisión representa cierta belleza. Ayudar a hacer eclosionar el talento del otro evidencia también un talento inmenso. Aquel hombre parecía tener ganas de dibujar el destino artístico de Camille.

Tras el preámbulo, había que empezar por revisar las bases.

—Es muy bonito ver que tienes un sentido innato de los colores y de la armonía general de una composición, pero me parece que puedes aprender dos o tres principios que siempre te serán de utilidad.

—Gracias. Estoy deseando aprender.

—¿Tienes novio? —preguntó a bocajarro el profesor.

—¿Cómo dice?

—Te lo pregunto para ayudarte..., necesito comprender un poco tu entorno. Lo que vives.

—No entiendo qué tiene que ver eso, pero no..., no salgo con nadie.

—Muy bien. No era mi intención ser indiscreto.

—...

Tras una pausa en la conversación, Yvan empezó a explicar lo que había que saber sobre los colores.

9

Camille volvió a casa aquel primer miércoles con unas ganas de pintar más irreprimibles que nunca. Quería pintar, quería pintar, quería pintar. Los pedazos de su vida se ensamblaban formando una unidad total. A partir de ahora, todo lo demás sería accesorio. Isabelle preguntó cómo había ido la clase, ella contestó: maravillosa. Camille dio unos cuantos detalles de lo que había aprendido, pero al final dijo:

—¿Tú sabías que nunca han podido tener hijos?

—¿No me digas? Sabine siempre me ha dicho que ella no quería. Que prefería dedicar su vida a los enfermos.

—¿Y te lo has creído?

—Sí.

—Su marido me ha enseñado el cuarto del bebé que nunca han tenido. Al parecer ha sido muy difícil para ellos.

—Seguro... Ahora que lo dices..., hay mucho pudor entre Sabine y yo. En el fondo tampoco hablamos tanto. Vemos tanto sufrimiento a nuestro alrededor que se nos olvida. Pero es una mujer realmente extraordinaria, jamás se queja de nada.

—Tú tampoco, mamá. Y tú también eres una mujer extraordinaria.

Era la primera vez que Camille se dirigía así a su madre. Cierto que el comentario había surgido en el contexto de la conversación, pero de una manera tan espontánea que Isabelle se sintió profundamente conmovida. Se abrazaron un instante, y les sentó muy bien. ¿Por qué no lo hacían más a menudo? Con la adolescencia, se instala progresivamente una distancia corporal entre padres e hijos. Quedaba muy lejos el tiempo de las carantoñas infinitas. Camille ya tenía dieciséis años, pronto sería toda una mujer. Pero qué bonito era estar en brazos de su madre, y prolongar la infancia por un momento.

10

Cada tarde, después de las clases, Camille hacía los deberes lo más rápido posible para coger de nuevo la paleta. Ahora disponía de menos tiempo para sus amigos.

—¿Estás saliendo con alguien? No hay quien te vea en las quedadas. Y todas las tardes desapareces del mapa... —le reprochó Jérémie un día.

—¿Qué pasa, te interesa?

—Puede ser.

—¿Qué significa eso? ¿Ya no estás con la otra?

—No.

—Me dejaste por un rollo sin importancia, y ahora andas detrás de mí otra vez. Eres patético. Te agradezco que cortaras. Es lo mejor que me ha pasado nunca.

Dejó a Jérémie con dos palmos de narices, a la búsqueda infructuosa de una réplica. A Camille no le pilló por sorpresa que quisiese volver con ella; sin estar dotada de un ego exageradamente desarrollado, tenía la impresión de poseer ahora una fuerza que ejercía cierta atracción sobre los demás. Ya nadie podía influir en ella. La creación le había dado no solo una densidad insólita, sino también la capacidad de no esperar nada de nadie. Era un mundo total, cuya naturaleza colmaba a un ser humano.

Desarrolló el gusto por el autorretrato. En algunos dibujos parecía mirarse intensamente a sí misma. Para recordar su edad, se pintaba con un 1 en el ojo izquierdo y un 6 en el derecho. A sus padres les parecía magnífico. Ellos no tenían ni idea de nada, pensaba Camille. Y sin embargo la apoyaban sin reservas. Habían ahorrado para regalarle aquello con lo que soñaba: un fin de semana largo en París, con un pase para visitar varios museos. Durante tres días podría recorrer el Louvre, el Beaubourg y el Orsay. Su madre la acompañó en aquel periplo del conocimiento. La chica se enfrascaba tanto rato frente a ciertas obras que Isabelle acababa por buscar un banco donde sentarse. La apoteosis del viaje fue Orsay; el espacio le pareció divino, de una belleza que cortaba la respiración.

A su regreso, le contó a Yvan todo lo que había visto. Él se acordó de sus años en París. Tenía la sensación de revivir el pasado a través de los ojos de la muchacha. Se emocionaba y turbaba cuando Camille compartía su entusiasmo con él. Había mucha luz en ella, la clase de luz que no se sabe si absorbe la mirada o la ciega.

Desde que la conocía, apenas unas semanas, tenía la impresión de verla cambiar día a día, como si la pintura hiciera de ella una mujer. Le gustaba colocarse detrás cuando Camille pintaba, se acercaba para agarrarle la muñeca y guiarla, y no era raro que se encontrara casi atrapado por la melena de su alumna. Hablaba mecánicamente para dar instrucciones, pero su mente estaba en otra parte, vagando por la nuca de Camille. Veía que su turbación aumentaba. Intentaba ahuyentarla, pero huir del deseo se volvía imposible. A veces posaba una mano en su espalda, para ajustar no ya la muñeca sino la postura general de la chica, y si bien podría haberla posado de un modo fugaz, la dejaba allí, largo rato, en repetidas ocasiones. Empezó a inventarse que la posición de la pelvis era muy importante a la hora de pintar, con tal de sostenerla por encima de las nalgas. Yvan ya solo quería una cosa: pegarse a ella, contra su espalda. Camille, toda concentrada, tardó en percatarse de que los gestos del profesor eran cada vez menos delicados, y sus actitudes cada vez más equívocas. Además, era imposible. Era mucho mayor que ella, y estaba casado. Aquel hombre no podía sentirse abrumado por un deseo incontrolable.

Sin embargo, pensaba en ello por las noches. ¿Había colocado la mano tan abajo por descuido o aposta? Era algo mínimo, una cuestión de milímetros quizá, lo que definía la frontera entre la bondad y la indecencia. ¿Por qué le daba tantas vueltas? Obviamente, algo la había molestado. ¿Sería su respiración, quizá demasiado fuerte, cuando se encontraba a su lado? Podría haberle enseñado eso mismo sin pegar su mejilla a la de ella. No..., era absurdo, Yvan era un hombre majísimo que dedicaba parte de su tiempo a ayudarla, a hacerla progresar; creía en ella; vivía las clases con intensidad, y por eso necesitaba guiarla. Si Camille diera clases de tango con él, el contacto sería mil veces más intenso, acabó por razonar para sus adentros. Tengo que huir, tendría que haber pensado.

11

Al descorrer las cortinas, Camille se quedó deslumbrada. Era poco habitual que el sol traspasara de ese modo las nubes en aquella época del año. La víspera se había acostado tarde para acabar un cuadro en el que llevaba trabajando varios días. *Nacimiento de la comprensión* evocaba las primeras imágenes que uno puede tener en la vida; rostros borrosos e inciertos (se sentía cada vez más influida por Francis Bacon) sobre los que escribía fragmentos de palabras, pedazos de frases robadas al balbuceo.

Preguntó a su madre a través de un mensaje si, excepcionalmente, podía faltar al instituto y volver a meterse en la cama hasta la hora de la clase de pintura. Cuando Isabelle accedió, su hija ya había echado las cortinas y se había quedado dormida. Despertó en torno al mediodía, un poco más despejada, sí, pero todavía falta de energía. Empezaba a reconocer que la creación, aunque no pareciera algo físico, te vaciaba de sustancia para el resto de actividades.

Exageraba un poco, sin duda, al jugar a dárselas de artista. Elaboraba teorías peregrinas sobre su comportamiento. Ahora decía que su nombre era un homenaje a Camille Claudel, cuando sus padres ignoraban probablemente todo de esa escultora. Solo habían oído hablar de ella cuando salió la película donde Isabelle Adjani la interpretaba. A Camille, por lo demás, le había encantado esa película, la estética de la locura creadora, en la que uno se pierde en el laberinto de las iluminaciones. Todo se confundía a veces en la mente de la joven, lo que veía y lo que quería, lo que era y cómo se soñaba. Hay una edad en la que todas las formas posibles de aquello que somos se mezclan y diluyen en una incómoda indecisión. Si bien Camille se sentía atravesada por una evidencia, no podía pasar por alto unas dudas incesantes e inherentes a la creación. Su obsesión la hacía feliz, su obsesión la hacía infeliz.

Compartió sus dudas con Yvan, quien pareció comprenderlo todo. Cuando dos personas se entienden, se dice que hablan el mismo idioma. No un idioma que puede aprenderse, sino uno que se basa en una complicidad intelectual o una afinidad emocional. Este idioma, por otra parte, a menudo se compone de silencios.

Y justo en ese instante se produjo un silencio.

Yvan se acercó a Camille como de costumbre para guiarla en sus gestos. Llevaba una semana esperando ese momento, a veces incluso cayendo en el aturdimiento. Durante el fin de semana Sabine le había preguntado qué le pasaba, y él había sido incapaz de decírselo. Él, que habitualmente era tan activo, se había pasado dos horas postrado, sentado en el sofá del salón, cerca del caballete de su alumna. «¿Es buena, entonces?», había preguntado Sabine, y él había ocultado sus impresiones reales, declarando simplemente, con indiferencia, que sí, que la chiquilla tenía talento. No le apetecía hablar de Camille con su mujer, ¿qué más le daba a ella? ¿Acaso él le preguntaba si sus pacientes estaban muy enfermos? Zapatero, a tus zapatos. Lo que ocurriera entre Camille y él quedaba entre ellos dos. Era su mundo. Que los dejasen tranquilos.

Yvan adoraba la mirada admirativa que su alumna posaba sobre él. Por fin se sentía comprendido. En los demás ámbitos todo era un desastre cotidiano. Enseñaba dibujo a unos alumnos para los que se trataba de una asignatura inútil, a la mayoría les resbalaba por completo lo que él pudiera contarles. Y lo mismo ocurría con los demás profesores. Durante los claustros, a veces se saltaban su opinión sobre tal o cual estudiante. Lo que piense el profesor de artes plásticas no tiene gran valor. Por mucho que intentara animar las clases, proponer excursiones u organizar concursos, Yvan era cada vez más invisible. Hasta su mujer parecía despreciar su trabajo. Ella desempeñaba un oficio muy concreto, salvaba vidas, curaba sufrimientos. ¿Qué hacía él, en cambio, por el bien de la humanidad? Enseñaba a colorear. Eso es lo que decía Sabine en broma al principio, pero ya no era ninguna broma, sino puro desprecio. Por parte de ella y de todos los demás. Esa era la verdad: lo despreciaban.

En los primeros años de desempeño de su carrera no había tenido esa sensación. Las cosas se habían agravado progresivamente para desembocar en un descrédito total hacia lo que él enseñaba, y por ende hacia lo que él era. Había empezado a engordar; como resultaba invisible para los otros, se rebelaba a través del cuerpo. Sin duda le habría gustado que su mujer entendiera su malestar. Coger tanto peso no es algo anodino, pero no, ella no había comentado nada. Cuando Yvan la interrogó acerca de lo que opinaba de su transformación física, pareció sorprendida. No se había percatado de la importancia del cambio. Al final se había disculpado por prestarle menos atención, tenía mucho estrés en el hospital. Y luego había declarado que le sentaban bien esos kilos de más. Así, tal cual. Le sentaban bien. Por lo tanto, ya nada tenía la menor importancia. Habría podido perder una pierna, y ella le habría dicho con idéntico aire desenfadado: «Te sienta bien ser cojo». Así que él había seguido comiendo. Para colmo, un colega del instituto le había dicho lo mismo que Sabine. Se habían puesto de acuerdo. Sí, le había dicho que le sentaba bien. Incluso había añadido que a su natural sonriente le pegaba mucho una masa corporal importante. Porque, sí,

Yvan seguía sonriendo. Sin cesar. Nadie podía imaginar las frustraciones que acumulaba.

Por eso Camille se había convertido en su rayo de sol, y hasta en su nueva razón de ser. Existía una complicidad, un proyecto de futuro, una esperanza, un estímulo recíproco. Era magnífico compartir aquellos momentos con ella. Por supuesto, ella le gustaba. Una atracción que no podía ser de orden sexual, a todas luces Camille era demasiado joven, él se prohibía pensarlo, ahuyentaba las imágenes, pero volvían todo el rato, todo el rato, como ataques de deseo, pulsiones ácidas cada vez menos controlables. Le gustaba su aroma, su piel, su risa, su voz, su pelo, su nuca, su mano, y el desfile de maravillas habría podido continuar con una orgía de detalles. A veces ella sentía una mirada un poco insistente, y él miraba para otro lado enseguida, o le dirigía una sonrisa apurada, sí, pero que no daba lugar a ambigüedades. Parecía más tímido que poseído por los demonios. Habría debido dejar las clases, comprender antes de que fuera demasiado tarde, pero no, no era posible, no se puede luchar contra lo que te azota de una manera irreprimible. Avanzaba despacio hacia la desorientación total, y en ese momento, allí, en medio de la clase, no pudo evitar arrimarse mucho a Camille, tanto que se apretó contra su cuerpo. Ella intentó girarse, en vano:

—¿Qué hace?

—¿No quieres? —preguntó Yvan débilmente.

—¿El qué?

—Nosotros dos.

—Nosotros dos... ¿qué?

—Hay una atracción..., ¿no?

—Yo... No... ¿Por qué dice eso?

—¿No me quieres?

—Le tengo aprecio. Es usted mi profesor...

—Entonces ¿no te gusto?

—Está casado —aventuró Camille, comprendiendo que era preferible no rechazarlo de plano, diciéndole claramente: «No, no me gustas. De hecho, me repugnas».

—Puedo dejarlo todo por ti, ¿sabes?

—Por favor..., deje de decir chaladuras. No está en sus cabales. Me voy a mi casa, y la semana que viene la cosa irá mejor...

Intentó apartarse, pero él la retuvo.

—No, quédate. No puedes irte así.

—No me encuentro bien. Estoy cansada. Es mejor que paremos.

—Dame un beso.

—¿Cómo?

—Que me des un beso. Solo uno, y te dejaré marchar.

—Que no.

—Tú quieres. Estoy seguro.

—Yo lo que quiero es irme a mi casa. Por favor...

Intentó pasar otra vez, pero en esta ocasión Yvan la bloqueó con más autoridad, incluso con violencia.

—Pero ¿qué hace? ¡Estese quieto!

—No, tú te quedas aquí —dijo él, acentuando la presión que ejercía sobre ella.

—¡¿Está mal de la cabeza o qué?! —exclamó ella.

La situación había cambiado de tono bruscamente. Camille se enfrentaba ahora a un ataque súbito, violento, desmesurado. Intentó forcejear; fue inútil. El hombre la empujó a un rincón para retenerla en un espacio reducido. Ella quiso huir, pero tenía tan poca fuerza ese día... Gritó:

—¡Pare!

—¡Cállate! ¡Cállate! —le ordenó, plantándole un brazo en la boca. Camille sentía que se ahogaba. Ya tenía la respiración entrecortada. Si se debatía, le dolía una barbaridad. Él seguía tras ella; una masa violenta a sus espaldas. Le apretaba el cuello cada vez con más fuerza. ¿Quería matarla? El horror estaba en marcha.

El hombre que la inmovilizaba pesaba tres veces más que ella, y la agredía al menor grito. Camille pensaba en el modo de escapar. Pensaba en sobrevivir. Pensaba en qué hacer para que él parase. Qué decir para que entrase en razón. Qué decir para detener su locura. Pero aquello iba de mal en peor. Yvan cogió un trapo para amordazarla. Era el que ella usaba para secar el exceso de *gouache*. Tuvo que abrir la boca y comer amarillo. Justo antes le había suplicado que parase, y ahora ya no podía hablar. Pensó que iba a morir. Voy a morir, voy a morir, voy a morir. Era incesante. ¿Llegaba él a ver las lágrimas en su rostro? ¿A leer el espanto de su expresión? No, se bajó los vaqueros para extraer el sexo. Levantó la falda de Camille, le arrancó las bragas. Con una facilidad atroz. A él, que tanto le costaba tener una erección con su mujer, lo poseía una virilidad inédita, todopoderosa. Penetró a su presa con un dedo, dos dedos y luego el sexo. Mientras lo hacía, cada vez con más brutalidad, respiraba con fuerza en la oreja de Camille, que en ese momento ya no se llamaba Camille; perdía su identidad, y cada embestida que la desfloraba agravaba más esa caída en picado hacia otra Camille.

Difícil saber cuánto tiempo duró el acto. A la joven le pareció interminable, pero la cosa debió de despacharse en menos de dos minutos, una decena de embestidas, no más, ejecutadas con brutalidad y a un ritmo espaciado. Después de correrse se apartó, como si acabara de comprender lo que había hecho. Camille cayó al suelo y se hizo un ovillo. Ya no se la veía. Desaparecía de la superficie de la Tierra. Yvan se subió el pantalón, cerró la bragueta, como para borrar lo que acababa de ocurrir. Su mirada fue atraída entonces por el cuadro que estaba pintando Camille, un paisaje apacible que contrarrestaba el caos que reinaba ahora en la estancia. El hombre se dio cuenta inmediatamente de que ya no podía dar marcha atrás. Enseguida se dijo que ella se lo había buscado, siempre pavoneándose en su casa, dejando que se le arrimara tanto, al final era una tentación insoportable. Y ¿por qué se había puesto falda? Todo era culpa suya. No, no se sostenía. Había cometido un disparate. ¿Qué debía hacer ahora? Ella hablaría. Su vida, a la mierda. ¿Qué diría Sabine? ¿Y sus colegas? ¿Y su madre? Dios santo, su madre jamás lo superaría. Se moriría si se enterara. Iba a ir a la cárcel. Se había comportado mal, pero que muy mal.

Era necesario encontrar una solución, rápido. Pero ¿qué podía hacer? ¿Disculparse? ¿Alegar locura transitoria? ¿Implorar a la chica que lo perdonase? Pero ella no se movía. Estaba como muerta. La había cagado. Una muerta no podía perdonar. Intentó entonces restar importancia a lo que acababa de ocurrir.

—Bueno, venga, levántate. No es ningún drama. Pasa a menudo entre profesores y alumnas...

Ella no respondió. El argumento no parecía funcionar. Camille seguía tumbada en el suelo, postrada. Yvan quiso ayudarla a levantarse, ella rechazó su brazo. Estaba temblando, puede que incluso tuviera convulsiones, ¿debía llamar a un médico? No, de ninguna manera. Esperaría a que la chica volviera en sí. ¿Cómo iba a regresar a su casa? La situación era grave. Tenía que pensar en algo, rápido. Tenía que dar con las palabras adecuadas. Yvan podía pasarse la vida buscando: esas palabras no existían.

Al final le ofreció un vaso de agua.

—Venga, levántate..., si quieres seguimos con la clase... —dijo, dando prueba de una incoherencia total.

El tiempo pasaba, Sabine podía volver en cualquier momento, a Yvan le entró el pánico y de nuevo cambió de tono.

—Te lo ruego, perdóname..., no sé qué me ha dado..., una pulsión, un demonio... Camille, no te quedes así..., escúchame, por favor... —sus palabras eran cada vez menos audibles, como absorbidas por el silencio.

La chica acabó por girar la cabeza y lanzarle una mirada. Quería ponerse de pie, huir, pero no lo lograba, tenía la impresión de que ya no tenía piernas, sí, eso era, en efecto, su cuerpo le parecía cercenado a la altura de la pelvis. Él puso una mano en su hombro, que ella rechazó con violencia. Ese gesto brusco despertó algo en ella. Camille podía moverse. El mero contacto de su verdugo le daba náuseas, y de esa repulsión reactivada podía nacer la fuerza necesaria para la acción. Se incorporó, él hizo amago de ayudarla:

—No me toque, no me toque, no me toque —encadenó ella en una letanía de furor contenido. Yvan obedeció y retrocedió. Camille se levantó sin mirarlo, y fue hacia la puerta sin coger sus cosas. Él tardó un instante en comprender que la chica iba a marcharse, su mente parecía funcionar con retraso con respecto a su visión. Reaccionó situándose delante de ella.

—¿Qué haces?

—Deje que me vaya.

—Pero ¿adónde vas a ir? ¿Qué vas a hacer?

—Deje que me vaya.

—Si cuentas lo que ha pasado, las cosas van a ponerse muy feas...

—No voy a contar nada —dijo Camille con la poca lucidez que le quedaba.

Tenía que calmar al verdugo para escapar. Dijo que se lo prometía, que aceptaba sus disculpas, que nunca nadie sabría nada. Añadió unas palabras sobre la admiración que sentía hacia él. El terror que experimentaba la incitaba a buscar las palabras precisas, los recursos de la supervivencia, pues veía claramente en la mirada del profesor que debía tranquilizarlo; de lo contrario, volvería a actuar, podría asustarse y matarla. En un primer momento, la creyó. Sí, Camille guardaría silencio, quería protegerlo; ella era la única que sabía realmente quién era él, la única que lo admiraba, y por lo tanto no querría echar a perder su relación. Seguramente tardaría un tiempo, pero ella lo perdonaría, fijo; quizá incluso algún día pudieran sonreír al recordarlo, ella le diría qué locuelo fuiste, habría ternura en sus palabras, porque los dos se entendían, hablaban el mismo idioma.

Pero ¿por qué insistía tanto en irse? Y sola. Yvan se había propuesto acompañarla, pero ella había dicho no, gracias, no, gracias, no, gracias. A él le asaltaron las dudas. Pensó que tal vez ella no estaba diciendo la verdad. Pues claro que iba a contarle a todo el mundo lo que había pasado. Querría vengarse, por supuesto. Qué idiota había sido al creerla. De repente, la agarró por un brazo:
—¡No, tú no te vas!
Ella volvió a implorar, pero esta vez no repitió tres veces la frase, solo una vez, sin la más mínima convicción, ya no servía de nada presentar batalla, estaba a merced de ese loco. Yvan la obligó a sentarse en el sillón, y le dijo:
—No me creo una palabra de lo que dices. Vas a contarlo. Así que ahora cálmate y reponte. Vamos a mantener tú y yo una conversación. ¿Me oyes?
—...
—¡Contesta! ¿Me oyes?
—Sí.

Camille agachó la cabeza. Yvan sacó el teléfono para llamar a su mujer y comprobar dónde estaba. Saltó el contestador, señal de que seguía en el hospital, de servicio. Por lo tanto, no había prisa, se quedó más tranquilo. Tenía tiempo por delante para encontrar una solución. Le trajo otro vaso de agua a Camille y la obligó a beber. Evitaba mirarla, porque todo se mezclaba dentro de él. Si se sabía lo que había hecho, tendría que huir. Pero ¿para ir adónde? Era imposible, tenía un empleo, una esposa, todo estaba allí, no, no era posible desbaratar una existencia por un error de dos minutos.

Se quedó un momento suspendido en el vacío. Camille levantó la vista antes de pedir permiso para marcharse.

—Todavía no —respondió él—. Primero tenemos que hablar.

—...

—Quiero asegurarme de que no dirás nada.

—No diré nada. No quiero que se meta en un lío por mi culpa.

—Eso lo dices ahora, pero a saber si no cambias de opinión. Por eso voy a decirte una cosa muy importante. No tengo elección.

—...

—¿Tú quieres a tu madre?

—Sí.

—Y no te gustaría que le pasara nada malo.

—No.

—Pues entonces escúchame bien, y haz lo que te digo.

—...

—¡Contesta cuando te hablo!

—Sí.

—¿Me estás escuchando con atención?

—Sí.

—Tu madre cometió un grave error médico hace poco menos de dos años. Un error que le costó la vida a un paciente. Solo lo sabe mi mujer, y ella nunca ha dicho nada, porque quiere proteger a su amiga. ¿Me escuchas?

—Sí.

—Yo lo sé todo de ese asunto. De modo que la cosa es muy sencilla. Si hablas con alguien de lo que ha pasado hoy, denunciaré a tu madre al instante. Perderá su trabajo, la expulsarán de la profesión, y probablemente irá a la cárcel. ¿Es eso lo que quieres para tu madre?

—...

—¡Contesta! ¿Es eso lo que quieres para tu madre?

—No.

—¿Lo has entendido, entonces?

—Sí.

—¿Has entendido que si hablas tu madre está jodida?

—Sí.

—Pues ya te puedes ir a casa. Lávate un poco. Quita esa cara de funeral y olvídate de todo esto. Y para no despertar sospechas, vendrás a verme el miércoles que viene.

—No diré nada, se lo prometo, pero eso..., no quiero.

—No te queda otra. Vete a casa. Te espero la semana que viene.

La ayudó a levantarse, y la dejó marchar. Una vez fuera, Camille reunió sus últimas fuerzas para volver a casa. Se dio una ducha que duró casi una hora. En su cuarto, echó las cortinas para crear la oscuridad más absoluta y se tumbó en la cama. Quería morirse.

12

Isabelle volvió sobre las ocho. Le sorprendió no ver a su hija en casa. Solo pasados varios minutos oyó un gemido procedente de su dormitorio. Abrió la puerta y descubrió una habitación sumida en la penumbra. Se acercó a la cama.

—Cariño, ¿estás aquí? ¿Qué te pasa?

—Nada.

Maquinalmente, como solo una madre puede hacerlo, como solo una enfermera puede hacerlo, puso una mano en la frente de su hija.

—Tienes fiebre..., ¿por qué no me has llamado?

—Estaba cansada.

—Debes de estar incubando una gripe. Normal que no hayas ido a clase esta mañana. Voy a prepararte una infusión, y mañana estarás mejor.

—Mami...

—¿Qué?

—Quédate aquí un ratito, por favor. No me encuentro bien.

—De acuerdo. Aquí estoy. Intenta dormir.

—...

—La verdad es que esto no me sorprende. Tu padre y yo comentábamos el otro día que no paras. Es maravilloso tener una pasión, pero lo tuyo se ha convertido en una obsesión. Horas y horas de pie, normal que tu cuerpo diga basta al cabo de un tiempo. Y con las clases, encima... Deberías darte una tregua, ¿eh? Tienes toda la vida por delante para hacernos obras maestras.

A Camille se le hizo un nudo en la garganta. «Toda la vida por delante», había dicho su madre, cuando tenía que luchar para llegar al minuto siguiente. Se sentía absorbida por un abismo infinito, un abismo en medio de su cuerpo, un abismo en el lugar del corazón.

Al final le pidió a su madre una pastilla para dormir. Sería la única solución para hacer callar la realidad. Al día siguiente se despertaría quizá con un estado de ánimo diferente. Tenía que creerlo, los somníferos harían ese efecto, sí, el de sumergirla en la noche como en agua fría. Su madre se mostró remisa, Camille era demasiado joven para acostumbrarse a los apoyos artificiales, pero se lo había pedido con tanta convicción, casi suplicándoselo. Así pues, aceptó. Y la noche empezó.

Unas horas más tarde, Camille se despertó. Eran poco más de las doce. Nada había huido de ella. Era incluso peor. Comprendió que ya no habría manera de borrar lo que había ocurrido. Tendría que vivir con una imagen atroz ante sus ojos, el filtro permanente de la fealdad sobre cada hora. Sería insostenible. No soportaría semejante sufrimiento ni dos días. No paraba de repetirse por qué, por qué yo. La injusticia le quemaba. ¿O bien era culpable? Era culpa suya. Todo se embarullaba en su cabeza, un aturdimiento que la mantenía en un estado de consciencia absoluta. Ya no podría dormir. ¿Qué hacer? Quedarse postrada. No quería volver a ver a nadie. Ni que nadie pudiera verla.

A la mañana siguiente, su madre constató que no estaba mejor. Le dio una aspirina, remedio ridículo. Isabelle no podía imaginar lo peor. Mucho más tarde, se reprocharía no haberlo adivinado. Pero en ese momento solo veía a una chiquilla agotada que había pescado un virus sin importancia. A fin de cuentas, Camille solo hablaba de cansancio, de reposo, un vocabulario que no dejaba presagiar nada trágico. Aun así, al cabo de tres días de aparente letargo, Isabelle tomó la decisión de hacerle un análisis de sangre. Llevó las muestras al laboratorio del hospital. Horas más tarde, el resultado fue indiscutible. Todo iba bien. Camille no estaba falta de nada. La sangre no hablaba. La sangre callaba. Isabelle se reafirmó en la idea de que, simplemente, su hija necesitaba descansar. La juventud se ve sometida a demasiado estrés en estos tiempos, pensó.

13

Pasaron los días y hubo que rendirse a la evidencia. Camille no mejoraba. Había remitido la fiebre, pero todavía se la veía para el arrastre. Acostumbrada a las situaciones dramáticas, Isabelle empezó a ponerse en lo peor, ¿y si fuera un linfoma? Por suerte, las pruebas médicas exhaustivas habían demostrado que, a pesar de las apariencias, *todo iba bien.*

Lo más inquietante, en el fondo, era el mutismo de Camille. Isabelle iba a sentarse a su lado, en el borde de la cama, y su hija no decía nada. Ni una palabra. De vez en cuando susurraba que no debía preocuparse, que era cuestión de unos días más. Pero era evidente que aquellas palabras se pronunciaban con el único objetivo de tranquilizar al otro y no había la más mínima convicción en su enunciación. Isabelle invitó a Iris, la mejor amiga de Camille, y la chica pasó varias horas con ella. Hablaron poco. Iris intentó sacarle una sonrisa a su amiga, le contó las últimas anécdotas del instituto. Pero a Camille todo le parecía insignificante, por no decir absurdo.

Sin embargo, tendría que enfrentarse de nuevo a ese mundo absurdo. No le quedaba más remedio que ser fuerte. No paraba de pensar en el monstruo, quería apuñalarlo, era una imagen que la obsesionaba, un cuchillo clavado en su enorme vientre, verlo vaciarse de sangre, despacio, un suplicio. Para ello tendría que volver a verlo. Algo que no podía imaginar. La idea de su presencia provocaba en ella una náusea espantosa. Solo tenía un temor: que él fuese a visitarla, que interpretara el papel del profesor preocupado por la salud de su alumna. Al no recibir noticias el miércoles siguiente a la agresión, había acabado por llamar a Isabelle. De vez en cuando mandaba mensajes a la madre de Camille para preguntar por ella; sin duda era sobre todo para comprobar que no había dicho nada. Su amenaza parecía funcionar. La chica se preguntaba a veces: ¿le habría dicho la verdad?, ¿habría cometido su madre realmente un error médico? Recordaba ahora que hacía dos años, quizá, esta había parecido experimentar una especie de estado de *shock* durante varias semanas. Así que sí, era posible. Pero ¿y si Camille estaba inventando esos recuerdos para que concordaran con el presente? No lo sabía. De manera general, ya no existía la menor frontera entre sus emociones, que se sucedían y se contradecían en el mayor de los caos.

Al final regresó al instituto, donde fue recibida con atenciones conmovedoras. Se había difundido el rumor de que Camille había caído en una depresión; uno de esos momentos en la vida que solo pueden salvarse mediante varias semanas sin hacer nada en una cama. La vieron muy pálida, pero su piel nunca había sido muy oscura. La vieron callada, pero ella nunca había sido de hablar por los codos. El auténtico cambio tuvo que ver con su nivel escolar. Ya no conseguía concentrarse. Ya no se sentía capaz de entender. Era como si faltaran conexiones en su cerebro, una anarquía que lo embrollaba todo. Mientras que hasta entonces había sido una alumna brillante, en cualquier caso una alumna dotada de aptitudes, ahora todo se le antojaba extremadamente complicado. Para estupefacción general, al final repitió segundo.

Camille había tenido una manera muy particular de enmascarar el sufrimiento. La grieta era invisible. Todo el mundo había constatado el malestar, el cansancio, la depre, pero nadie se había figurado la realidad. Demostraba voluntad, decía que no entendía lo que le pasaba. Mentía sin cesar; tal vez eso la ayudaría a convertirse en otra persona, o eso esperaba ella.

A principios de verano parecía estar mejor. No quiso irse de vacaciones,* salvo la semana habitual con sus padres en Bretaña. Solían ir a Crozon, en la punta de Finisterre. Ese año, aquel destino vacacional adquirió una dimensión particular; Camille se hallaba en el límite de lo que podía vivir; era una tierra que va a morir al mar. Una tarde, dieron un paseo en barco. El cielo anunciaba tormenta y ofrecía al océano una densidad inquietante. Paradójicamente, Camille advirtió la belleza de aquella visión agobiante. Se sintió devastada, hasta el punto de echarse a llorar. Su madre le preguntó qué pasaba, y Camille simplemente respondió: «Soy feliz».

---

* Sus padres le habían propuesto un curso de inglés en Inglaterra, convencidos de que la inmersión en una lengua extranjera y en otra cultura le permitiría evadirse un poco.

14

Los padres de Camille no entendían por qué había dejado de pintar. Seguramente no se tratara de algo malo: era probable que uno de los motivos de su caída en el abismo hubiera sido la sobredosis de intensidad creadora. Para ser del todo justos, Camille había querido retomar la pintura semanas después de la agresión. Pero nada más acercarse a la paleta se había puesto a vomitar. El olor de la pintura le había provocado una náusea irreprimible. El monstruo también había logrado destrozar eso, contaminar mediante el asco lo que para ella era más importante. Estaba condenada a vivir en ausencia de aquello que la exaltaba.

Después de las vacaciones, Camille empezó de nuevo segundo, que fue más o menos bien. Había decidido sumergirse completamente en el trabajo, y obtenía resultados impresionantes; nadie entendía cómo aquella chica había podido repetir el año anterior. Nada más terminar el primer trimestre, fue llamada al despacho de la directora. La señora Berthier era una mujer de cierta edad cuyo rostro, sin embargo, rezumaba juventud. Recibió a la alumna con una amplia sonrisa, y le señaló un asiento. Camille estaba asustada por la convocatoria. ¿Qué habría hecho? Se sentía culpable por todo desde el día del horror. La señora Berthier empezó:

—Me gustaría pedir una dispensa para ti. Sé que atravesaste un momento difícil el año pasado, puede ocurrirle a cualquiera. Te hicimos repetir porque era imposible hacer otra cosa. Pero ahora estamos contentísimos con tu implicación y tus resultados. En estas condiciones, para mí es evidente que puedes pasar directamente a primero. Tendrás que trabajar mucho, pero sé que podrás hacerlo. ¿Cómo lo ves?

—No lo sé.

—Puedes pensártelo unos días, pero que sepas que se trata de una medida excepcional. He explicado la situación a los asesores académicos, y se ha aceptado que pases de curso.

—Yo... no sé cómo darle las gracias... —dijo entonces Camille, sobrecogida, no tanto por la noticia como por la bondad de la mujer.

15

Fue el inicio de un periodo más tranquilo. Los buenos resultados que Camille obtuvo justificaron por completo la medida de la que se había beneficiado. El azar quiso que cayera en la clase de Jérémie (él había repetido primero). Durante las clases, lo observaba con extraña ternura; pertenecía al mundo de antes del drama. Recordaba *su escondrijo* en el parque, lo que constituiría para siempre la prueba de que había podido ser feliz. Aquello había existido. Tenía que acariciar aún un poco esa realidad olvidada. Camille le propuso ir a dar un paseo una tarde, y él aceptó con una pizca de arrogancia; como si siempre hubiera sabido que ella volvería a buscarlo tarde o temprano. No podía sospechar que Camille había tenido que morir para resucitar para él.

Caminaron, y al final se cogieron de la mano y se besaron. La intensidad que puso Camille en el beso sorprendió al chico, que retrocedió.

—¿Qué pasa? ¿Algo va mal? —preguntó ella.

—No... no... Es solo que... antes no besabas así...

—La gente cambia...

Efectivamente, ya no era la misma chica. Parecía rebosante de deseo. Al besar a Jérémie, algo había surgido dentro de ella: el sentimiento de que debía acumular recuerdos para diluir el veneno de la violación. Era un poco raro de entender o definir, pero esa intuición fue devastadora. Camille quería besar y besar a Jérémie, quería que la agarrase fuerte por la cintura, quería entregarse a él, perderse en él, quería que fuese él la primera imagen que surgiera ante sus ojos cuando apagase la luz.

—Podemos ir a mi casa, si quieres... —propuso entonces.

—¿A tu casa?

—Sí. Mi padre está en Nancy, y mi madre, de guardia hasta las diez. Estaremos solos.

—...

—¿No es eso lo que querías?

—Sí..., claro que sí. Perfecto.

Menos de media hora más tarde, Jérémie profería un grito estridente en el oído derecho de Camille. Acababa de correrse. La chica siguió abrazándolo con fuerza para que no se moviera y se quedara el mayor tiempo posible encima de ella. No había experimentado placer alguno, concentrada únicamente en la consciencia del acto. Como si su mirada hubiera abandonado la cama y su cuerpo para observar la situación en su conjunto. Y la imagen la había aliviado una barbaridad. Los gemidos del placer satisfecho de Jérémie le permitían pensar que otra historia era posible. Era libre de vivir su vida como quisiera. Su cuerpo le pertenecía.

En cuanto se quedaba sola en casa, Camille llamaba a Jérémie. Su apetito sexual era cada vez más intenso. A veces el muchacho tenía miedo de no estar a la altura, pero vivía un sueño hecho realidad. Aquella chica, a la que tanto había deseado, se le ofrecía sin cesar, hasta el punto de que acababa por resultar extraño. Un día le propuso a Camille que fueran al cine; no le interesaba, como tampoco ir a un restaurante, como tampoco cualquier otra actividad que no fuera de índole sexual. Ella quería una orgía de imágenes, y estaba muy lejos de tener suficiente. Al final Jérémie se molestó, le dijo que estaba harto de ser un objeto. «Chicos que quieran acostarse conmigo los hay a puñados, así que si no estás contento, adiós muy buenas», respondió ella con frialdad.

Efectivamente, hubo otros. Se acostó con Baptiste, Thomas y Mustapha. Empezaron a tacharla de puta, de golfa, de ninfómana, pero a ella le era indiferente. Se mostraba insensible a los juicios de los demás, y esa era la mejor manera de acallarlos. Nadie podía hacer daño a un muerto.

16

Su rendimiento escolar seguía siendo excelente. Entró en el último curso, rama de letras. Se marchó de nuevo con sus padres a Bretaña. Una copia perfecta del verano anterior. La rutina la aplacaba más que ninguna otra cosa. Necesitaba una existencia compuesta de puntos fijos e inmutables, espacios señalizados, no sometidos a la imprevisibilidad de los hombres.

Durante un paseo por la playa de Morgat, Isabelle le preguntó:
—¿Qué vas a hacer cuando acabes el instituto?
—Todavía no lo sé.
—¿Y la pintura? ¿Ya no quieres hacer Bellas Artes?
—No lo sé. Ya veremos el año que viene. Me resulta tan lejano...
—Sí, pero... el tiempo vuela.
—Mami..., ¿puedo hacerte una pregunta?
—Claro que sí, vida mía.
—¿Alguna vez... te has arrepentido de algo... en el trabajo?

—¿Qué quieres decir? No entiendo.

—No sé. Con un paciente... Si te has dicho alguna vez... que te habría gustado hacer las cosas de otra manera.

—Qué pregunta más rara.

—No sé. Es solo por saber.

—Solemos trabajar con urgencia. Hacemos lo que podemos, la mayoría de las veces. Tomamos decisiones conjuntas... Sin duda cometemos errores de cálculo en ocasiones, pero son gajes del oficio... La medicina no es una ciencia exacta. Pero, bueno, mi cometido principal es acompañar a los pacientes. Garantizar que sufran lo menos posible...

—...

—¿Por qué me lo preguntas? ¿Quieres ser enfermera? —preguntó ilusionada Isabelle, considerando fabulosa la idea de que su hija tuviera ganas de seguir sus pasos.

Pero su entusiasmo se enfrió de inmediato.

—No, no. En absoluto —respondió Camille.

La chica no paraba de pensar en lo que había afirmado Yvan; se le venía la conversación a la cabeza, pero bajo una forma confusa, como deformada. Ya no recordaba las palabras exactas. Camille solo había entendido que su madre correría un gran peligro si ella hablaba. ¿Realmente había dicho eso? Le resultaba extraño. Isabelle acababa de confirmarle que ella no tomaba decisiones sola. Es colectivo, había precisado. Con lo cual su madre no se arriesgaba a nada. Camille había visto en televisión la historia de una enfermera que practicaba la eutanasia a pacientes que se encontraban en el final de su vida, con el objetivo de acortar su sufrimiento. Puede que fuera eso lo que había hecho su madre. Ayudar a alguien a morir. Y Sabine lo había entendido. Se metería en un lío, por supuesto. Y se formarían comités de apoyo, como para la otra enfermera. Se hablaría de ello, de los pros y los contras, un tema de interés social. Nada irremediable, en cualquier caso. Nada que justificara el silencio y la impunidad del verdugo. Pero ¿y si se trataba de otra cosa? Una dosis mal administrada, el olvido fatal de un tratamiento; su madre decía constantemente que faltaba personal en el hospital, de modo que un error de cálculo podía darse en cualquier momento, una torpeza convertida en drama, un error transformado en horror. ¿Podía alguien vivir con eso sobre su conciencia? Sí. Ella sabía mejor que nadie que la atrocidad podía enterrarse en lo más hondo de uno mismo.

17

En varias ocasiones, Yvan había enviado mensajes a su antigua alumna, fingiendo interesarse por cómo le iba. Sopesaba hasta la última palabra, lograba una distancia perfectamente calculada. Ella los borraba de inmediato. Como la situación se prolongaba, al final contestó: «Se lo suplico, no me escriba más». Y él obedeció durante algunas semanas, hasta que no pudo evitar contactar de nuevo con ella. Camille no tuvo más remedio que cambiar de número. Él probó entonces a informarse por mediación de su mujer; Isabelle confiaba a Sabine el malestar de su hija. De un modo inconsciente, o bien haciendo gala de una ironía malsana, Yvan tenía arrestos para responder: «Lo que tiene que hacer es retomar las clases de pintura conmigo».

Yvan estaba tranquilo. Camille ya no iba a denunciarlo. Pero quería hablar con ella para asegurarse del todo. Decidió entonces ir a buscarla a la salida del instituto. A decir verdad, lo que podía parecer un acto meditado era fruto de una pulsión. Entre una clase y otra, puso la excusa de una insoportable jaqueca y se marchó del trabajo. No sabía a qué hora salía Camille ese día, pero le daba igual, estaba dispuesto a esperar horas con tal de hablar con ella unos minutos. No era capaz de formularlo tan claramente, pero la realidad era bien sencilla: necesitaba que ella le aliviara la conciencia; que lo perdonase diciéndole que lo que había ocurrido no era tan grave. Solo una conversación sincera podría aplacar su ansiedad. Sin embargo, la chica le había suplicado que no volviera a ponerse en contacto con ella. En lo que necesitara Camille, él no pensaba.

Ella lo vio inmediatamente al salir del instituto. Allí estaba, apostado al otro lado de la calle, con una sonrisa repugnante en la cara. Sus miradas se encontraron, Yvan tuvo tiempo entonces de hacer un pequeño gesto con la mano, un gesto que pretendía ser cordial, pero tenía la mano floja, como si le colgase del brazo. Nada más ver a aquel hombre a escasos metros, Camille tuvo la sensación de que estaba violándola otra vez. Su cuerpo profirió un grito en una réplica más brutal aún que el seísmo inicial. Por suerte, Iris estaba a su lado. Camille se agarró a su amiga y le pidió ayuda para volver a casa. Iris pensó que no había comido en todo el día, que le estaba dando un vahído. Se marcharon juntas, enhebradas del brazo, sin mirar atrás.

Yvan vio desaparecer a Camille al doblar una esquina. Aturdido, se quedó inmóvil. Al cabo de un momento tuvo la sensación de que lo observaban. ¿Lo tomaban por uno de esos pervertidos que espían a las adolescentes a la salida del colegio? Lo atravesó un miedo extraño: todo el mundo sabía lo que había hecho. Sí, lo miraban, Camille lo había contado todo. La policía estaba a punto de llegar, fijo. Tenía que salir por pies. No dejarse atrapar bajo ningún concepto. Qué idiota había sido yendo allí, asumiendo tantos riesgos. Pero, claro, tampoco había imaginado que las cosas saldrían así. ¿Por qué había reaccionado así Camille? Ni un hola. Ni una sonrisa. La complicidad tan intensa que habían tenido ya no existía. Todo había terminado. Todo había quedado reducido a cenizas por culpa de una estúpida pulsión. Debía admitir lo evidente: ella no quería volver a verlo. De nada servía escribirle, acudir a la salida de las clases, esperar cualquier cosa. Tenía que desaparecer de su horizonte. Era su condena. Eso lo entristeció, lo entristeció enormemente. Qué guapa estaba. Sí, no se había atrevido a confesárselo a sí mismo en un primer momento, pero la había visto todavía más guapa que antes, como sublimada por el pavor.

Esa noche, Yvan hizo el teatrillo de la vida conyugal. Preparó la cena para Sabine, espaguetis con salsa boloñesa, precisando: «He cortado las cebollas exactamente como a ti te gusta». Sabine dio un beso en la mejilla a su hombre. Por suerte, casi no hablaban mientras cenaban, sino que miraban la televisión, lo que daba a Yvan la oportunidad de estar lejos, muy lejos, y de pensar aún en Camille. Le había lanzado una mirada tan negra que seguía atravesándolo. Habría dado cualquier cosa, sin embargo, por pasar un poco más de tiempo con ella. Una hora, un minuto, un suspiro incluso. Era sencillamente imposible no volver a verla.

18

La visión de su agresor había desencadenado una nueva crisis en Camille. No salió de la cama en un mes, se negaba a ir al instituto, alegando que no valía para nada. Por mucho que Isabelle interrogase a su hija, se enfrentaba con una pared. Traspasada a veces por el fatalismo, se decía que Camille era así. No se podía hacer gran cosa. La naturaleza distribuye sombras y luces, y tenemos que conformarnos con lo que nos toque en suerte. Pero segundos más tarde a Isabelle la invadían los recuerdos de una Camille divinamente alegre.

Esta nueva oleada de melancolía sumió a Isabelle en un desconcierto total. Había pensado que ya habían superado lo más difícil. La recaída le resultaba mucho más aterradora que la primera depresión, pues no podía evitar decirse: «Esto no va a terminar nunca...». Y la situación era muy grave. A final de curso había que hacer los exámenes de selectividad. Camille estaba poniendo en peligro su porvenir. Pero la magnitud de su sufrimiento restaba importancia a los diplomas. Lo único que importaba era la esperanza de una nueva sonrisa. Era inútil. El rostro de su hija era una especie de máscara mortuoria. Por las noches lloraba en su dormitorio. Thierry estaba igual de perdido. Surcaba las carreteras con una amenaza permanente sobre su cabeza, la de una llamada que anunciara una mala noticia. No quería hablar de ello con su mujer, pero tenía la sensación de que a ratos su hija abandonaba el mundo de los vivos, como para ubicarse en el más allá.

Había que hacer algo. Thierry propuso a su hija que lo acompañara en uno de sus viajes. Unos días en carretera, los dos. Ella aceptó para complacer a sus padres. Parecían locos de contento. Isabelle ayudó a Camille a preparar la mochila, le dio un beso muy fuerte en el momento de despedirse e hizo grandes aspavientos cuando el coche se alejó de la casa. Pero, ya la primera noche, Camille pidió perdón a su padre y le pidió: «Méteme en un tren, por favor, quiero volver». Thierry insistió un poco, y luego intentó imponer su autoridad: ya era demasiado tarde, estaban lejos, tendría que habérselo pensado antes, uno no cambia de planes por una ventolera, etcétera. Interrumpió de golpe el pseudosermón educativo al reparar en el malestar de su hija. Era evidente, había intentado hacer bien las cosas, tranquilizar a sus padres al aceptar la propuesta, pero había sobreestimado sus fuerzas. El mundo exterior le hacía daño, la quemaba. Camille luchaba por reprimir las lágrimas para no convertir una situación ya de por sí incómoda en un desastre. Thierry no insistió más y la dejó en la estación más cercana. Su madre fue a buscarla a la estación de Lyon-

Perrache, y volvieron a casa en silencio. El regreso fantasmal contrastaba brutalmente con la falsa alegría de la partida. La tentativa de Thierry, como todo cuanto habían probado anteriormente, se había estrellado con un fracaso desolador.

19

Días después de la gira abortada, Camille salió de la cama a última hora de la mañana. Cogió una mochila para meter algunos efectos personales. Ejecutaba los gestos sin la menor vacilación, como si aquel momento no fuera más que la realización de una acción ya escrita dentro de su cabeza.

Isabelle, al encontrarse la casa vacía cuando volvió del hospital, entró en pánico inmediatamente. Mandó muchos mensajes a Camille, de audio y por escrito, sin obtener respuesta. Tras varias llamadas infructuosas a sus amigos, se dirigió a la comisaría de policía. Al cabo de una hora interminable, la recibió una mujer que tenía casi la misma edad que ella.
—¿Cuándo ha advertido la desaparición de su hija?
—Esta tarde, al volver a casa.
—¿Y ya recurre a nosotros?
—No me responde al teléfono.
—¿Tiene motivos concretos para estar preocupada?
—Sí. Mi hija... está pasando por una especie de depresión. Y no es normal que no me avise. Se ha llevado una mochila con sus cosas...
—¿Cree entonces que se ha fugado?
—Sí.
—¿Ha probado a contactar con sus amigos?
—Ninguno sabe adónde ha podido ir.
—Seguro que vuelve. Váyase a su casa, y mañana ya veremos.

—Le digo que no es normal que no me avise... Ahora mismo no está en su ser. Se lo ruego..., ayúdeme...

Había pronunciado estas últimas palabras con voz llorosa. A pesar de que estaba acostumbrada a esa clase de situaciones y entrenada para no dejarse desbordar por ellas, a la funcionaria que le tomaba declaración la conmovió la angustia de Isabelle. A decir verdad, se acordaba de ella. Meses antes había ido al hospital con su hijo, que se había lesionado durante un partido de fútbol. Aquella enfermera le había parecido encantadora. Había algo incongruente en el hecho de volver a verla en aquel estado de fragilidad total, de desesperación incluso, cuando en su primer encuentro se habían intercambiado los papeles: la madre preocupada por su criatura, aquel día, había sido ella. Intentó calmarla, decirle que esas escapadas efímeras se daban constantemente. Los adolescentes siempre volvían a casa, o acababan por dar señales de vida. Isabelle no escuchaba, las palabras no servían de nada. Tenía que ayudarla con gestos concretos.

—¿Tiene alguna idea de cómo iba vestida Camille esta mañana?
—No.
—Vamos a comunicar su desaparición. ¿Tiene alguna foto suya?
Isabelle abrió el bolso y sacó la cartera. Siempre llevaba una foto de su hija en el interior. Cierto que tenía más de un año, pero se parecía bastante a la Camille de ahora. Al cogerla, Isabelle se echó a llorar. La foto databa de un tiempo que ya no existía, el tiempo anterior a la incomprensión y los miedos. De pronto recuperaba la expresión de su hijita adorada, la que jamás habría sido capaz de marcharse sin avisar a nadie.

La agente de policía quiso darle todo el apoyo posible, y le propuso incluso algo que nunca se hacía en aquella fase:

—Todo va a salir bien… No se preocupe… Vamos a difundir la foto entre todas las patrullas nocturnas. Velaré personalmente por que tengan en cuenta la desaparición de Camille.

—Gracias.

—Ahora, lo mejor es que se vaya a casa e intente descansar.

—Lo intentaré… —respondió Isabelle, sabiendo perfectamente que sería imposible. Una conciencia que sufre no se relaja. Sentía una quemadura cada vez más viva dentro de su cuerpo. Llevaba meses siendo testigo del malestar de su hija, y seguramente le restaba importancia para evitar hacer frente a lo peor, pero esta vez experimentaba un anticipo de la tragedia. La situación era grave. «La llamaremos en cuanto sepamos algo…», había añadido la policía. Una frase terrible que se oía en las películas, asociada a menudo con un contexto sórdido. Era el caso. Ya no había la menor duda.

Thierry interrumpió el viaje y se reunió con su mujer en plena noche. Seguían sin noticias de Camille. Registraron su habitación en busca del menor indicio, quizá incluso de un diario íntimo. En vano. Acabaron por abrir el baúl grande de mimbre donde se amontonaban cientos de esbozos y bocetos. Se pusieron a repasarlos con la esperanza de hallar una señal, o una explicación. Pero no había nada que descifrar en aquellos dibujos. Al cabo de una hora, se dieron por vencidos. Camille no era de esas personas que dejan tras de sí las pruebas de su desasosiego, ni la dirección de su deriva.

20

Camille había pasado la noche en un hotel cerca de la estación de Part-Dieu. De madrugada, en un destello de lucidez, pensó en la angustia de sus padres. Al encender el teléfono y enfrentarse a la avalancha de mensajes, ponderó su inquietud. Se disculpó: «Necesito irme unos días. Perdón por haceros sufrir, pero no puedo hacer otra cosa». Una hora más tarde compró un billete para Niza. Era el primer tren que salía. «Voy a bañarme en el mar», se dijo, olvidando que debía de estar gélido en el mes de febrero.

Entre el hotel y el tren, ya había dilapidado gran parte del poco dinero del que disponía. Al llegar a Niza dejó la mochila en la consigna de la estación y pasó buena parte del día paseando. Camille experimentó un auténtico alivio al no estar en su ciudad; la intuición de huir había sido buena. Todavía era capaz de encontrar algo que pudiera aliviarla. Cambiar de aires, como se suele decir. Allí se respiraba otra vida. Tras deambular por el paseo de los Ingleses, decidió tumbarse sobre los guijarros. Al cabo de un rato se desvistió y avanzó hacia el mar ataviada simplemente con una camiseta. Se metió en el agua, sin vacilar un instante, como si no se diera cuenta de que estaba helada. Desde hacía un tiempo, ya no estaba en condiciones de distinguir con precisión el mundo real. Tampoco le pareció extraño ser la única que se bañaba. Rápidamente, su actitud atrajo las miradas. Se alejó de la orilla sin ser consciente de que no disponía de fuerzas para nadar; llevaba veinticuatro horas sin comer. Por fin se sentía feliz, y sin embargo tenía toda la pinta de una loca o una suicida.

Dos policías municipales le gritaban que volviera a la playa, pero ella no los oía, apenas si percibía a lo lejos dos formas vagamente humanas. Al final, uno de los hombres se metió en el agua para ir a buscarla; en el momento en que se acercaba, Camille se puso a hacer grandes movimientos descoordinados, como para debatirse de antemano, convencida de que estaban atacándola. El hombre consiguió calmarla, explicándole que no pretendía hacerle daño, sino simplemente ayudarla porque estaba poniéndose en peligro. Sin energía suficiente para no creerlo, se dejó llevar, y perdió la consciencia antes de llegar a la orilla.

Se despertó tumbada en una cama de hospital. Permaneció así largo rato, con los ojos fijos en la blancura del techo, hasta que una enfermera se le acercó.

—¿Cómo se encuentra?

—¿Dónde estamos?

—Está usted en urgencias. Se ha desmayado nadando.

—¿Nadando? ¿Dónde?

—En el mar.

—¿En qué mar?

—En Niza. Está usted en Niza.

Camille no recordaba nada de lo que acababa de pasar.

—Sus padres vienen para acá —continuó la enfermera antes de añadir muy bajito, casi susurrándole al oído—: Pronto estará todo en orden.

Debía de pronunciar aquella fórmula decenas de veces al día ante todos los pacientes del hospital. ¿De qué orden hablaba?, se preguntó Camille. ¿Del antídoto del desorden? En ese caso, se alegraría de que la profecía de la enfermera se cumpliera. Ella no esperaba el orden, esperaba que acabara el desorden.

Los policías habían encontrado la llave de la consigna en el pantalón de Camille. Al recuperar sus cosas, habían descubierto su identidad. Habían transmitido entonces la información a los colegas de Lyon, dado que ya se había comunicado la desaparición de la chica. Isabelle había creído desfallecer al oír: «Hemos encontrado a su hija en el hospital de Niza». Por un momento estuvo convencida de que le hablaban de un cadáver. Por un momento había experimentado la pérdida última. Pero su pequeña estaba viva. Iba a poder abrazarla. Thierry y ella recorrieron un largo pasillo para llegar a la habitación de Camille. A través del cristal pudieron mirarla sin ser vistos. Curiosamente, se la veía serena. Si bien la situación era dramática, se produjo un instante casi de alegría cuando la familia se recompuso.

Montaron en el coche y circularon despacio para volver a Lyon. Isabelle iba detrás, con su hija, estrechándola entre sus brazos. Cada cinco minutos le preguntaba si estaba bien, si quería parar, cualquier cosa que pudiera complacerla. Camille decía que iba todo bien, y era verdad. Le había hecho falta perderse, mirar de frente a la muerte, quizá, para poder vivir de nuevo.

21

Camille regresó al instituto, volvió a ser una chica estudiosa. De un modo milagroso, pensaba Isabelle. Se sumergió febrilmente en los repasos para la selectividad. Ya solo importaba eso. Armarse de un conocimiento inquebrantable. Era difícil entenderla, pero ¿acaso se le podía reprochar a una alumna de instituto que estudiase demasiado? Los domingos su padre quería llevarla a pescar; ella rehusaba, pero acababa por aceptar con tal de contentarlo, a condición de poder llevarse un libro.

Nadie habría podido imaginar semejante desenlace a mediados de curso, pero Camille aprobó la selectividad con sobresaliente. Cuánto talento tenía. Su madre quería organizar una gran fiesta, había que compartir aquella alegría, quizá durase para siempre si se mostraba al mundo entero. Pero la chica se cerró en banda cuando oyó el nombre de Sabine entre los invitados. «No, no, no quiero fiestas —dijo a su madre—, nada me hará más feliz que cenar contigo y con papá». Y eso hicieron, en uno de los mejores restaurantes de Lyon, el Daniel & Denise, donde celebraron juntos el final feliz de aquel curso escolar.

Al final de la comida, Camille anunció que iba a retomar la pintura. En otros tiempos, sus padres habrían podido preocuparse. La vía artística no siempre es la más tranquilizadora para construirse un porvenir concreto. Pero ahora todo era distinto. El mero hecho de que su hija experimentase un deseo los colmaba de alegría. De nuevo tenía planes, anhelos. Por primera vez en mucho tiempo, Camille se sentía fuerte, incluso indestructible; era excesivo, pero ya no conocía las medias tintas; en la fuerza o en la debilidad, ella era extrema. Esa decisión le permitía vencer por fin a su verdugo. Él la había destrozado al robarle su cuerpo, pero no le arrebataría también su vida. Camille estaba en pleno proceso de encontrar la fortaleza necesaria para dejar de asociar la pintura a la violación de la que había sido víctima. Quería entrar en Bellas Artes en septiembre. Le dijeron que era demasiado tarde, que tendría que haber presentado la solicitud en primavera. De nuevo la señora Berthier, la directora del instituto, la ayudó con el papeleo, y Camille fue admitida. Se pasó todo el verano en la biblioteca, hojeando libros de arte, explorando el universo de muchos artistas, desde Otto Dix hasta Charlotte Salomon.

Pidió a sus padres pasar unos días en París en lugar de ir directamente a Bretaña. Ellos no podían negarle nada; sus deseos denotaban vida. Camille tenía muchas ganas de volver a visitar los museos capitalinos, sobre todo el de Orsay. Ese segundo viaje supuso un hechizo aún mayor que el de la primera vez; le habría gustado no salir nunca de allí, pasar en aquel lugar el verano entero. Comprendía el poder cicatrizador de la belleza. Frente a un cuadro no somos juzgados, el intercambio es puro, la obra parece entender nuestro dolor y nos consuela a través del silencio, permanece en una eternidad fija y tranquilizadora, su único objetivo es colmarnos mediante las ondas de lo bello. Las tristezas se olvidan con Botticelli, los miedos se atenúan con Rembrandt y las penas se reducen con Chagall.

En Bretaña, en Crozon, Camille repasó todas las imágenes acumuladas; algo estaba naciendo dentro de ella, el balbuceo de su propia voz. Naturalmente, ya había pintado mucho antes de la tragedia, y su singularidad no planteaba dudas, pero ahora regresaba con una potencia intensificada, una visión más precisa. Hay siempre un momento en el que un artista puede decirse: ahora. Y eso mismo vivió Camille aquel verano. Volvía a la vida gracias al arte, y eso le daba aún más fuerza y evidencia. Nadie se parecería a ella; lo singular corría por sus venas.

22

El inicio del curso en Bellas Artes se desarrolló como un sueño. Camille era feliz al verse en un ambiente nuevo, no habitado por los recuerdos. A veces se puede uno curar mediante una sencilla modificación geográfica. Si bien se encontraba mejor, a menudo el pasado resurgía por oleadas. No podía vivir así. Tenía que reconstruirse no sellando las grietas sino levantando cimientos nuevos. Buscó en internet una psicóloga que pudiera ayudarla. Se detuvo en Sophie Namouzian. Sobre todo por el apellido, que le resultó completamente verosímil.

Camille se había imaginado a una rubia bajita tirando a rechoncha, una especie de madre de familia realizada, pero se encontró ante una mujer alta y bastante flaca de pelo gris; una figura de Giacometti. Más bien austera de entrada, no trataba de seducir, de hacer creer que iba a resolver tus problemas en tres sesiones. Su rostro presentaba la topografía de un largo camino por recorrer para intentar hallar el sosiego.

En la primera cita, Camille habló poco, y Sophie Namouzian no la obligó. Se conocieron mediante el silencio. Harían falta varias semanas para que la conversación fluyera. La psicóloga había trazado intuitivamente el perfil de su nueva paciente: una infancia feliz, en un ambiente estable, una chica equilibrada y llena de vida, devastada de pronto por un trauma, una violación a priori, no a manos de un miembro de la familia sino de un hombre de su entorno que habría actuado de un modo brutal e imprevisible; había un ahogo vinculado a esa dimensión repentina, y puede que el hombre le hiciera chantaje; fuera como fuera, era evidente que ella no se lo había contado a nadie, y que era precisamente eso lo que más la atormentaba, la insoportable verdad del desastre y el silencio que la rodeaba.

La clarividencia de Sophie Namouzian era impresionante. Hay personas que pueden leerse fácilmente, pero no era el caso de Camille. Esta intentaba, con más o menos suerte, ocultar su corazón por pudor. A decir verdad, no era exactamente pudor: con mucha frecuencia sentía ganas de gritar, de rasgar el velo que retenía sus palabras; de modo que no, no era pudor sino vergüenza. Solo las palabras podrían liberarla de la vergüenza que la corroía. Namouzian esperaba con paciencia esas palabras. Llegarían, y serían determinantes.

23

Los padres de Camille habían decidido anular su plan de ahorro vivienda para pagar el alquiler de un estudio cerca de la facultad. Así le evitaban viajes diarios, y tal vez esa nueva independencia le sentara bien. En cualquier caso, ella misma había expresado aquel deseo. Camille se trasladó a un pequeño estudio amueblado desprovisto de todo encanto, pero eso era lo de menos. Se pasaba el día en Bellas Artes, donde unos espacios amplios llamados «talleres» permitían a los alumnos trabajar en condiciones que les resultaran ideales. A pesar de su presencia casi permanente, no hacía amigos. En cuanto una conversación tomaba un cariz demasiado personal, huía con el pretexto de que tenía que volver a casa, y nunca estaba libre cuando se celebraba alguna fiesta. Naturalmente, le habría gustado intercambiar impresiones con otros jóvenes artistas, comparar obras, compartir dudas; pero todavía era superior a sus fuerzas. Le daba pavor establecer vínculos. Para tranquilizarse, pensaba en todos los artistas que admiraba, y cuyas vidas habían sido obras maestras de soledad. A veces hablaba por teléfono con Iris, pero ya no quedaban. Camille estaba desligándose del mundo, y eso no la afligía.

Le gustaba perderse entre la multitud, sobre todo durante las clases del señor Duris. Se sentaba en el centro del aula magna, utilizando a los demás alumnos a guisa de muralla. Le caía especialmente bien ese profesor que parecía tener dos personalidades. Durante las clases magistrales, pese a su evidente pasión, siempre se percibía en él algo un tanto mecánico, no se lo veía dispuesto a dejarse llevar por la improvisación o las digresiones, era una autopista del saber. En los seminarios, en cambio, la cosa era distinta, parecía mucho más libre. Muy atento a sus alumnos, podía modificar la trayectoria del curso para acercarse más a las sensibilidades de cada uno. Camille se preguntaba a veces dónde estaba la verdad de ese hombre. Intuitivamente lo veía como un compañero de tristeza; los demás no parecían notarlo, pero ella adivinaba en él una suerte de desasosiego. Era la época de su separación de Louise, y bajo su aspecto distante nadie veía la desesperación; solo un alma herida podía leerla.

Para Camille, lo esencial era, naturalmente, pintar, y progresar desde el punto de vista técnico. Pero también tenía que nutrirse de los demás para luego poder definirse. Las clases del señor Duris serían, en ese sentido, imprescindibles para su evolución. Cuando este hablaba de la infancia de Rubens o de la vejez de Dalí, la pintura se vivía como una narración ininterrumpida. El acto de pintar se convertía entonces en una manera de participar en dicha narración. A Camille le agradaba sentir el peso de aquella historia cuando dibujaba; los genios del pasado no la intimidaban. Al contrario, el conocimiento de la belleza acentuaba su fuerza. La vida de los otros enriquecía la suya constantemente.

Duris observaba con suma atención a la nueva alumna. No había tardado mucho en considerarla especial, aunque solo fuera por la intensidad de su deseo de conocimientos. Algunos alumnos la apodaban «la silenciosa». El mote no habría disgustado necesariamente a Camille, de haberlo conocido; con toda probabilidad, le habría parecido una buena señal para una artista. Si bien hablaba poco, Antoine reconocía la originalidad e inspiración de sus ejercicios escritos. Vislumbraba en aquella alumna una personalidad fuerte que sin duda se traduciría en una voz artística singular.

24

En la facultad de Bellas Artes, Camille estaba protegida.* No obstante, volvía a atravesar zonas tempestuosas; ¿acaso aquello no iba a acabar nunca? A veces se sentía condenada a despreciarse a sí misma. Los pocos minutos que la habían deshumanizado adoptaban la forma de una condena a perpetuidad. El trabajo realizado con la psicóloga, que la obligaba a hacer frente a sus emociones, la debilitaba.

---

 * El propio nombre de la escuela, que asociaba la Belleza y el Arte, ejercía sobre ella el efecto de una caricia.

Seguía sin poder hablar, pero las palabras se hallaban ahora a las puertas. La obsesionaba el discurso que estaba por llegar. Y, a ratos, le parecía que jamás lo conseguiría. Seguiría siendo imposible narrar lo que había vivido; como si las frases que tenía que formular sintieran a su vez asco de lo que iban a encarnar. La liberación por la palabra, necesaria para su sosiego, era una esperanza incesantemente abortada.

Sophie Namouzian, que había percibido el bloqueo, propuso durante una sesión: «Debería usted escribir. Ponga sus palabras sobre el papel. Podría leérmelas, en vez de hablar; y si prefiere guardárselas para usted, al menos tendrán el mérito de existir. Es necesario poder registrar nuestra intimidad en alguna parte. A veces, en medio del dolor, llegamos a dudar de la realidad de lo que hemos vivido. Con un testimonio por escrito, se brindará la fuerza de lo real. Es su verdad, la de una víctima, naturalmente, pero también la de una luchadora. Y ese es el punto de partida de todas las promesas...».

Había pronunciado aquellas palabras con calma y despacio, como una sentencia un tanto hipnótica. Aunque parecía distante en ocasiones, o poco implicada emocionalmente, aquella mujer revelaba una humanidad increíble. La chica salió del consultorio dándole las gracias a su psicóloga. Una vez a solas, esta última se sintió abrumada por una extraña sensación. Algo que podía parecerse a un mal presagio.

25

Una semana más tarde, Camille se despertó en plena noche para escribir. No sabía por dónde empezar. Cuántas veces se había reformulado los hechos, machacando ciertos detalles hasta volverse loca. Pero ya no podía dar marcha atrás. Había llegado el momento.

Tenía la sensación de estar intentando alumbrar un abismo negro con una frágil cerilla. Requeriría tiempo, por fuerza. Cada palabra, cada letra incluso, constituía un peso que necesitaba quitarse de encima. Escribió dos frases e hizo una pausa. Se dirigió a la ventana para observar la ciudad, que dormía. El estudio, compuesto de dos antiguas habitaciones de servicio, estaba en la última planta de un edificio burgués. Vio a lo lejos, encaramados a un tejado, a dos enamorados que fumaban un cigarro. La encarnación de la felicidad. Soñaba con ser ellos. Amarse mirando el cielo, en plena noche, fumando un cigarrillo; amarse con ayuda de volutas de humo. Parecía tan sencillo de lograr, y sin embargo Camille tuvo la impresión de encontrarse frente a algo inaccesible. Aquella visión, después de maravillarla, se le hizo terriblemente dolorosa.

Dejó de escribir e intentó dormir. Al alba se levantó y releyó enseguida las dos frases que había escrito. Se hizo la promesa de continuar esa misma tarde. Se preparó rápidamente para no llegar con retraso. A las ocho tenía seminario con Antoine Duris. Camille consideraba absurdo enseñar cualquier cosa tan temprano, y mucho más pintura. El arte merecía nocturnidad. Además, el propio profesor se presentaba poco espabilado, y tenía la boca pastosa al comienzo de la clase. Podía deducirse que vivía solo. Antes del «buenos días» a los alumnos, todavía no había hablado con nadie; ni con la mujer que lo había dejado ni con los hijos que no tenía. Pero poseía la divina energía de los apasionados. Al cabo de un puñado de frases sobre un pintor o una obra, se lo veía totalmente despierto.

Aquella mañana continuó con el ciclo sobre el autorretrato iniciado un mes antes. En ese momento exponía una teoría sobre lo que él consideraba una auténtica particularidad de la pintura:

—Prácticamente todos los pintores, en un momento o en otro, deciden ser el objeto de su obra. Es una especie de pasaje obligado. Yo diría que es el único arte sometido a esta necesidad autobiográfica. Por ejemplo, en literatura, muchos grandes escritores han consumado su obra sin escribir jamás sobre su propia vida, sin retratarse a sí mismos, nunca mejor dicho. ¿Qué opinan ustedes?

—...

Era un poco temprano para formarse una opinión sobre aquella teoría. Camille levantó la mano, para asombro general. Antes incluso de que el profesor le diera la palabra, empezó:

—Yo no lo veo así. Todos los artistas se representan. En literatura, el autor está por todas partes, sin duda. Tal vez sea más visible cuando se pinta el propio rostro, pero eso no hace de la pintura un arte distinto en la expresión del yo. No me parece que uno pueda crear sin expresar aquello que es. Su teoría se queda en la superficie de las cosas, en mi opinión.

Camille juzgó prudente dejarlo ahí. A todo el mundo le dejó estupefacto que «la silenciosa» se hubiera lanzado de ese modo en la larga exposición de su punto de vista. Enseguida la siguieron otros alumnos que expresaron también su desacuerdo. El profesor no se esperaba semejante cuestionamiento de su observación, pero, para guardar las apariencias, acabó diciendo que se alegraba de que su clase fuera un territorio de intercambio y todos opinaran con la mayor libertad. Por lo demás, había recibido el comentario de Camille con benevolencia. Para una personalidad reservada, tomar la palabra en público era una señal alentadora.

Al final de la clase, Camille quiso ir a ver al profesor y pedirle perdón. No se sentía a gusto después de haber intervenido así. Achacó su audacia a las dos frases escritas la víspera. Sí, los hechos tenían que estar relacionados. Al poner en palabras el pasado, liberaba el presente. De un modo prácticamente anárquico, como la irrupción casi incontrolable de su punto de vista esa misma mañana. Pese a lo poco que había escrito aún, acusaba ya los efectos benéficos de aquel alivio. ¡Estaba liberando de golpe un periodo de mutismo larguísimo! Por fin se dirigió al profesor:

—¿Puedo hablar con usted un momento?

—Sí, claro, Camille.

—Quería decirle... que siento mucho lo de esta mañana. No era mi intención contradecirlo de esa manera.

—No lo sienta. Ha hecho bien en dar su opinión. Puede que me equivoque al pensar que solo la pintura hace del autorretrato un pasaje obligado.

—Qué va, usted no se equivoca, en absoluto.

—...

—Sus clases me parecen fabulosas. Su pasión es contagiosa. Es usted una verdadera fuente de inspiración para mí.

—Gracias.

—Yo...

—¿Qué?

—No quiero abusar de su tiempo, pero...

—Dígame.

—Me gustaría mucho conocer su opinión sobre lo que hago.

—¿Quiere que me pase a verla por los talleres?

—Sí, para mí significaría mucho.

—Verá..., no es algo que haga habitualmente. Para no inmiscuirme en el trabajo de mis colegas. Pero, ya que me lo pide, por qué no.

—Gracias. Muchas gracias. Mañana estaré todo el día.

—Muy bien, pues intentaré pasarme.

Camille abandonó el aula en un estado de estupefacción. Se había atrevido a pedírselo, no daba crédito. A decir verdad, llevaba varios días pensándolo. Se sentía muy bien orientada en Bellas Artes, pero quería someterse a la opinión de su profesor de Historia del Arte. Su punto de vista contaba más que el de los demás. Sentía una complicidad intelectual y emocional total con él. Antoine había percibido la importancia que adquiría a ojos de su alumna, hasta el punto de que no pudo negarse. Su actitud aquella mañana había sido tan distinta a la de los otros días; parecía una versión nueva de Camille, había pensado. No paraba de sorprenderlo, y eso le daba aún más ganas de descubrir lo que la chica pintaba.

26

A última hora, Camille tenía cita con Sophie Namouzian.* Nada más sentarse, superada por una especie de vergüenza a la inversa, balbució:

—No sé qué mosca me ha picado hoy. He intervenido en plena clase, delante de todo el mundo. Y luego he ido a hablar con el profesor. Ha debido de tomarme por una chiflada. Le he hablado con mucha libertad. No me reconocía. ¡No era yo!

—¡Sí, Camille, sí que era usted! —respondió casi con sequedad la psicóloga—. Estoy segura de que así era usted hace unos años, de que decía en voz alta lo que todos pensaban por lo bajo.

Camille no logró contestar y se echó a llorar. Hacía tanto tiempo que las lágrimas no escapaban de su cuerpo... Era una liberación a través de los ojos. Lloraba porque aquella mujer llevaba razón. Acababa de reconciliarse con la Camille que había sido, como un despertar tras una larga anestesia. Sí, era ella la que se comportaba así, libre y no

_____

* Cuando pensaba en su psicóloga la llamaba siempre así, como si necesitara confiarse también a un apellido.

sometida al juicio de los demás. Sus lágrimas no eran de tristeza; al contrario, por primera vez todo era posible de nuevo. Camille hizo un par de apuntes sobre su temperamento y contó algunos recuerdos. Su narración cobraba vida.

De vuelta en el estudio, la historia recuperada le provocó unas ganas irresistibles de dibujar. Cogió un cuaderno grande que había comprado la semana anterior. Tumbada en la cama, ejecutó varios bocetos que evocaban escenas de su niñez: una fiesta de Navidad con su madre contándole la historia de los ángeles; o una visita al cementerio, a la tumba de su tía, muerta prematuramente; lo primero que se le pasaba por la cabeza, sin una trama precisa, sin línea directriz. El pasado regresaba a ella, encontrándose con el tiempo presente. La fractura temporal se cerraba. Realmente había ocurrido algo esa mañana. La repentina confianza durante la clase de Duris había marcado aquella irrupción tan esperada. La antigua Camille había vuelto a tomar posesión del lugar.

Al hilo de sus pensamientos, se puso a dibujar al profesor. Empezó a repasar sus reflexiones acerca de tal o cual pintor, y se sorprendió al recordar prácticamente palabra por palabra lo que él había dicho. Lo hacía revivir en su mente. Lo convertía en una especie de personaje. En ciertos bocetos se apreciaba el reflejo del arrepentimiento en su semblante. Camille dibujaba a un hombre que parecía llegar tarde a sí mismo. Era lo que ella experimentaba en su presencia. Siempre esa tristeza oculta. Pero en otros dibujos destacaba su dulzura, su bondad. Comprendía que Duris le prestaba especial atención. Se acercaba a la verdad con aquella hipótesis. Antoine adivinaba su potencial, y quería ayudarla de la mejor manera posible.

27

Tal y como habían acordado, al día siguiente Antoine se pasó por los talleres a última hora de la tarde. Deambuló un poco entre los trabajos de los alumnos, que lo saludaron con cortesía. Él se preguntó por qué no se prodigaba más por allí. ¿Acaso lo incomodaba invadir un territorio que no consideraba suyo? Era absurdo. Varias veces le habían dicho, y Camille de nuevo recientemente, que sus disquisiciones podían ejercer una gran influencia sobre la evolución de una trayectoria artística. Le emocionaba poder concederse una parte de responsabilidad en tanta efervescencia creativa.

Cuando llegó a la altura de Camille, la descubrió sentada en una silla. La puesta en escena del momento daba a entender que ella había intuido la llegada del profesor, y que lo esperaba. Se encontraba al lado de un cuadro que acababa de pintar: su autorretrato. Así pues, Antoine se enfrentó a una visión extraña, como si tuviera una cita con dos Camille. En lugar de dirigirse a su alumna, optó por observar detenidamente el lienzo. El rostro presentaba una expresión neutra, pero la mirada parecía claramente dirigida a quien observaba el cuadro. Antoine se quedó hipnotizado por un momento, ante lo persistente e intimidante de aquella mirada. Pero la fuerza de la expresión quedaba atenuada por un contorno malva muy suave.

Antoine se quedó un instante plantado delante de la obra, considerándola singular de inmediato. Al cabo, Camille le dijo:
—Buenas tardes.
—Buenas tardes. Perdón. El cuadro me tiene atrapado, la verdad.
—Lo he dibujado para usted. A raíz de su teoría, me he dicho que tenía que hacer un autorretrato.

—Ah..., gracias.

—Lo cierto es que los hago a menudo. Lo raro es que son mis dibujos menos personales. Me represento para ser diferente. Para dejar de ser yo.

—Entiendo... ¿Y por qué ha elegido el malva?

—Es el color de la melancolía alegre —respondió la chica, esbozando una sonrisa. Parecía muy contenta de que Antoine hubiera ido, una alegría tan intensa que la hacía olvidar el desafío de su presencia.

Antoine parecía desconcertado. Camille tenía una personalidad tan fuerte que siempre tardaba un poco en encontrar su lugar frente a ella. En un primer momento prefirió observar en silencio en lugar de exponer sobre la marcha sus impresiones. Al sumergirse en los trabajos que la estudiante le presentó, no percibió, de entrada, una coherencia real. Veía a una artista sometida a impulsos, cambiante al antojo de sus estados de ánimo, de inspiraciones multipolares. Se requería un rato para detectar progresivamente una identidad común, como un vínculo que uniera unos cuadros con otros.* Podía decirse que la inspiración general era vegetal; la naturaleza, merced a una presencia más o menos importante, aplacaba el caos del mundo. Había una esperanza oculta en cada una de las obras, incluidas las más lúgubres. Y, a menudo, esa luz se materializaba mediante la presencia de un árbol o una flor.

—Es realmente formidable —dijo por fin Antoine.

—¿De verdad? ¿Le gusta?

—Sí, mucho.

—¿No lo dice para complacerme?

---

* A veces se dice de una novela que hay que saber leerla entre líneas; a Antoine se le antojó que ocurría lo mismo con el trabajo de Camille: había que observarlo entre los colores.

—No, le aseguro que tiene usted una voz única. ¿Quién es su profesor de técnica?

—El señor Bouix.

—Se lo habrá dicho, supongo.

—Él no es de hacer elogios, pero cuando veo hasta qué punto es capaz de destruir el trabajo de los otros alumnos, me digo que debe de gustarle lo que hago.

—Sí, es la fama que tiene. Su silencio ya es una aprobación inmensa.

—Gracias, en cualquier caso. Tenía mucho miedo de molestarlo.

—Todo lo contrario. Para mí es un placer conversar con usted. Vamos a tomar un café, estaremos más cómodos para hablar de su trabajo... —propuso sin más Antoine.

Era muy poco habitual que se comportara así, pero la acogida general de los estudiantes a su llegada a los talleres, unida al genuino deseo de Camille de escuchar su opinión, lo había empujado a aquella apetencia. Quería establecer más complicidad con sus alumnos. Le daba, incluso, una razón de ser.

28

Minutos más tarde estaban los dos sentados en un café ubicado no muy lejos de Bellas Artes. Antoine tenía curiosidad por saber más sobre las fuentes de inspiración de Camille. Le gustaban los creadores y sus secretos. La admiración que sentía por ella era auténtica. Le fascinaba acercarse a una mente que pintaba así. Antoine era profesor, pero igualmente podría haber llevado una galería, compartido sus obras favoritas, impulsado a los otros. Se sentía perfectamente a gusto desempeñando ese papel, al no tener él mismo veleidad artística alguna.

En ese instante, Camille se replegó un poco. No porque no valorase el momento, al contrario, pero le resultaba muy difícil hablar de sí misma. La hacía feliz escuchar los comentarios de Antoine, le resultaban pertinentes y halagadores, pero se sentía a disgusto en cuanto abordaban la génesis de tal o cual obra. No soportaba ser diseccionada. Las preguntas revelaban un interés bondadoso, y Camille lo sabía muy bien, pero prefería dejar la creación en las esferas de lo inconsciente; le gustaba el misterio del nacimiento de las ideas. De un modo general, llevaba mal que intentaran acceder a su intimidad. Sin embargo, había sido ella quien se lo había pedido. Pero con su mirada había tenido bastante. El simple hecho de que su profesor se presentara en los talleres, observase su trabajo y se mostrara sensible a él, ya valía por todas las palabras del mundo. Antoine se percató, no insistió y tomó unos derroteros más livianos:

—¿Tiene usted algo que ver con la galería Perrotin? ¿Es pariente suyo Emmanuel? —preguntó.

—No, en absoluto. Mi familia no entiende nada de pintura.

—Entonces..., ¿de dónde le viene la vocación?

—De la visita a un museo... Aunque, ahora que lo pienso, no estoy segura de que la cosa empezara realmente aquel día. Ya lo llevaba dentro, creo. Perdone, no sé si estoy siendo clara.

—La entiendo muy bien.

—¿Y usted?

—¿Yo qué? ¿Cómo he llegado a dar clases de Historia del Arte?

—Sí.

—También de casualidad. No sé de dónde salió el amor por la pintura. El mero placer de pasearme por los museos, un poco como usted, me parece. Huir de una adolescencia complicada. Eran los sitios que más me aliviaban.

—Sí, la belleza alivia... —dijo Camille con súbita gravedad.

Se detuvieron un instante en aquella frase, como si el silencio permitiera que un pensamiento se encarnara.

*

Siguieron hablando un buen rato de sus pintores preferidos, del arte contemporáneo, de las mejores galerías de Lyon. Finalmente, Camille preguntó:

—¿Tiene usted algo que ver con Romain Duris?

—No, nada.

—Ya tenemos algo en común, entonces —respondió ella con una sonrisa.

*

Abandonaron el café y salieron a la calle. Hubo un momento incómodo. No se imaginaban dándose dos besos. Al final, Antoine posó una mano furtiva en el hombro de Camille. Sería su único contacto. Él volvería a pensar en aquel gesto. Pensaría en él con frecuencia. Era un gesto fraternal, del que podría nacer una amistad, sin duda.

29

Antoine volvió a su casa, y siguió pensando en Camille. Qué muchacha tan increíble. Durante la hora que había pasado con ella, se había olvidado de todo. Ciertas personas tienen el poder de fijarnos por completo, totalmente, en una devoción del presente. Estaba deseando ver en qué se convertiría. En un momento dado de la conversación, él le había dicho: «Creo en usted». Ella se había mostrado especialmente turbada. «Cree en mí», se repetiría ella, y eso le daría fuerzas para llegar más lejos aún.

La noche avanzaba, Antoine tenía deberes que corregir. Regularmente hacía comentar un cuadro a sus alumnos. Esperaba de ellos cierta pertinencia en sus observaciones, pero también un dominio de los elementos históricos que contextualizaban la obra. Se enfrentó a una veintena de folios, precisamente los de la clase de Camille. Empezó por ella, por supuesto. Era extraño, ahora que tenía la sensación de conocerla un poco más. Nunca antes había tomado algo con un alumno cuyos deberes tendría que corregir ese mismo día. Abordaba la lectura con una mirada más que favorable. Y precisamente por eso sería un poco más duro con la calificación. Su evidente complicidad no debía alterar en nada su neutralidad. Al final, tal vez fuera preferible no alternar mucho con los estudiantes para evitar verse en esa clase de situaciones.

Sin sorprenderse en realidad, le impresionó la capacidad de análisis de Camille. Escribía bien, su estilo era fluido y preciso. Había que comentar un cuadro de Edvard Munch: *Cabeza de hombre en el cabello de una mujer*. Camille hablaba del pintor noruego, de su locura y sus neurosis, y cualquiera habría pensado que se refería a un primo lejano. Pero en la última parte del ejercicio empezaba a aludir a un tema totalmente distinto, embarcándose en una larga digresión sobre Salvador Dalí. Una observación interesante, pero sin relación con el análisis esperado. Antoine acabó por escribir en el margen la siguiente anotación: «Brillante, pero fuera de lugar». E instintivamente, sin intención alguna, por costumbre, subrayó la expresión «fuera de lugar».

Siempre era complicado para un espíritu artístico encasillarse en una exposición compuesta de tesis, antítesis y síntesis. Comprendía perfectamente por qué se había desviado a otras esferas, pues las obras estaban conectadas entre sí, como si la historia de la pintura no fuese una sucesión de periodos muy claros. Camille, sencillamente, no estaba hecha para dejarse confinar en una sola energía, por mucho que fuera la de un genio noruego.

30

Ella, por su parte, pasó el resto del día dibujando. Ejecutó un boceto donde se la veía con los brazos levantados hacia el cielo. Luego, escribió el título en pleno centro del dibujo: «El fin de la culpabilidad».

Se detuvo largo rato en estas palabras. Siempre se había considerado en cierto modo culpable de la violación que había sufrido, un sentimiento absurdo e irracional, pero de pronto estaba liberándose de un peso suplementario. Por primera vez, admitió que no había tenido ninguna responsabilidad en el drama que la había abatido. ¿Habría tenido que reaccionar de otra manera? ¿Por qué se había vestido así? Todo eso había acabado. Camille se sabía víctima, y únicamente víctima. Y eso la volvía combativa. Se dijo que podría denunciar, que daban igual las represalias. A decir verdad, cada vez ponía más en duda la solidez de las amenazas de su verdugo. Había ejercido sobre ella una presión psicológica para que callara, pero el error de su madre del que él le había hablado se le antojaba ahora improbable. Se puso a pensar, concretamente, en lo que ocurriría si acudía a la policía. Tendría que explicarlo todo, y por lo tanto revivirlo todo. Habría una confrontación. Se vería en la obligación de encontrarse cara a cara con él, seguramente. Y él lo negaría. La acusaría de mentir. Quizá algunos lo creyeran a él. ¿Sería ella capaz de soportarlo? Estaba en proceso de reconstrucción, lejos de aquella pesadilla. Luchaba cada día por ello, así que ¿para qué volver a lo mismo? Minutos antes sentía una fuerza descomunal, pero hete aquí que la fragilidad regresaba, la fragilidad y el asco.

Aquello no acabaría nunca.

El mal llamaba al mal en un eco incesante de la negrura. Yvan hizo una nueva aparición en su vida. El profesor llevaba a su clase a visitar la facultad de Bellas Artes. Había una exposición centrada en la relevancia de los primeros trabajos de ciertos artistas. ¿Cómo empieza uno a pintar? ¿Se reconoce de entrada lo que será la tonalidad de una voz artística? A Yvan le parecía buena idea exponer a unos chicos de instituto a todos esos nacimientos. Mostrar que todo el mundo tiene sus comienzos permite en cierto modo que cada uno lo crea para sí mismo. Deambularían por la gran sala y luego profundizarían en el asunto en la biblioteca. Aquella excursión quizá haría florecer más de una vocación, pensó.

Fue a última hora del día cuando Camille se cruzó con el grupo. Al principio no vio a Yvan, sino que se sintió atraída por aquella multitud tan joven. Percibió la despreocupación instintivamente, y recordó sus propias excursiones; rememoró el momento en que se había encontrado ante el cuadro de Géricault. Y en ese preciso instante lo vio, abotagado y sudoroso, disfrutando de su insignificante poder de adulto al ordenar a algún alumno que hiciera esto o aquello. Sí, era él. Lo habría reconocido en medio de un estadio abarrotado, a él, que se aparecía en sus visiones y en su alma: allí estaba. Él también la reconoció al instante, y no pareció sorprendido. Debía de saber que estudiaba allí; a decir verdad, había albergado la secreta esperanza de cruzarse con ella, y el azar había jugado a su favor. Una vez cerca de ella, dijo simplemente: «Hola, Camille». Una cortesía que adoptaba la apariencia de un bofetón. Ella se quedó estupefacta. Yvan continuó su camino, avanzando hacia la salida, rodeado de alumnos, y sobre todo de chiquillas. Camille sintió ganas de gritar, pero lo que se abatía sobre ella era una oleada de silencio.

Intentó calmarse, no experimentar furor contra aquella señal morbosa del destino. Quizá debía considerarla un símbolo positivo, una manera de dar por zanjado el horror. Su psicóloga le diría eso, seguro. Pero no, no, no era eso. Era la perfidia incesante de la vida que se ensañaba con ella, precisamente en el momento en que por fin sacaba la cabeza del agua. Había una fuerza que seguía burlándose de ella y de su sufrimiento. No veía más que esa posibilidad. ¿Por qué infligirle ese castigo? ¿Por qué ponerla frente a la persona que la había matado? Sí, Yvan la había matado. No estaba muerta, pero tampoco vivía. Sobrevivía. ¿Cuáles eran los motivos del puto azar? Y él se veía tan campante. No parecía atormentado por lo que había hecho, ni la más mínima sombra en su semblante. Tampoco parecía temer que ella lo denunciara. ¿Acaso lo había olvidado? El saludo había sido dulcísimo. ¿Era posible olvidar semejante crimen? Aquellos minutos, inolvidables para ella, parecían haberse borrado para él. La injusticia seguía siendo injusta.

Volvió a casa temblando. Puso el bolso encima de la mesa. Buscó los ansiolíticos que le había recomendado Namouzian, pero no los encontró. Sacó entonces del bolso el folio que le había devuelto el profesor Duris. Lo había notado muy incómodo al señalarle que se había ido por las ramas. Pero era la verdad. La pura verdad. Pensar en él la calmó un poco. Incluso se puso a releer el trabajo para mantener el cerebro ocupado, para distraerlo de lo peor. Ni siquiera sabía por qué se había alejado tanto del tema principal. En la segunda mitad del comentario se olvidaba por completo de Munch. Era lo que se llamaba salirse por la tangente. Se correspondía muy bien con su naturaleza: intentaba escapar sin cesar. Su pensamiento era vagabundo. Ese pensamiento que nos permite escapar precisamente de nuestros pensamientos.

31

Nada más entrar en el aula a la mañana siguiente, Antoine comprobó que Camille no estaba. Tomó asiento detrás de su escritorio. Normalmente empezaba la clase enseguida, pero ese día le apetecía esperarla; como un actor que no quiere interpretar su papel hasta que su espectadora favorita no entre en la sala. No obstante, se vio obligado a ello, pues Camille no llegaba. ¿Habría estado pintando toda la noche? Sí, eso sería. Le había dicho que sus clases comenzaban demasiado temprano. Sí, eso era. Sin embargo, también había dicho que nunca quería perdérselas. Quizá se tratara de otra cosa. Antoine estaba hablando de las bailarinas de Degas, y a pesar de que su mente debía aligerarse y hacer piruetas, sintió que un peso se asentaba progresivamente en su corazón. Minuto tras minuto, la angustia fue apoderándose de él. Por primera vez en su carrera profesional, vivió los últimos instantes de su clase como un suplicio.

En cuanto sonó el timbre, el profesor salió rápidamente del aula. En lugar de dirigirse al aula magna, fue a la secretaría del centro. Se cruzó con Sabine y casi se sorprendió de su existencia, hasta tal punto tenía la mente en otra parte, dominada por el malestar de una intuición. Pidió los datos de Camille a una administrativa. Pronunció su apellido, pero la mujer lo oyó mal, y repitió: «Perruchon». «No, Perrotin». Por fin dio con la ficha, y Antoine anotó su número de teléfono. No quería llamarla allí, delante de todo el mundo. Salió del vestíbulo, buscó un sitio tranquilo, acabó por meterse debajo de una escalera, un lugar por el que no pasaba nadie. Marcó el número. Saltaba el contestador de Camille. Intentó llamarla otra vez, y de nuevo oyó su voz invitando a dejar un mensaje. Vaciló, vaciló unos segundos, y finalmente colgó sin decir nada.

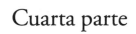

Cuarta parte

1

Antoine estaba sobrepasado por la emoción. Mathilde dudó si acercarse, si colocarse junto a él, pero al final decidió dejarlo solo en su recogimiento. No había nadie en el cementerio a esa hora. Todo contribuía a impregnar cada segundo de una melancolía total. Él balbució unas palabras indiscernibles y a continuación se agachó para volver a colocar sobre la lápida unas rosas marchitas que el viento había barrido. Se veían algunas notas aquí y allá. Había también una placa que rezaba esta sobria frase: «Te queremos para siempre». No estaba firmada, pero seguramente era de sus padres.

Al cabo de un momento, Antoine experimentó una suerte de alivio. Llevaba semanas viviendo con el corazón asfixiado. Ahora se sabía preparado para afrontar lo que había experimentado. A pesar de la tristeza que lo abrumaba, hallaba en ese instante los primeros indicios de una fuerza que no flaquearía. Reinaba aún en su mente una inmensa confusión emocional, pero aquí nacía también algo hermoso. Prometió a Camille que volvería a menudo, que jamás le faltarían flores. Se llevó una mano a los labios, y acompañó el beso tocando la tumba con la punta de los dedos.

Finalmente, Antoine se reunió con Mathilde. Él no sabía qué decir. No tenía ninguna importancia; ella no esperaba explicaciones. Lo habría seguido hasta el fin del reino de la incomprensión. Quería prestarle su apoyo, simplemente estar allí, a su lado. A decir verdad, en ese momento era más bien Antoine quien necesitaba hablar. Sentía la necesidad de soltar por fin todo lo que había reprimido. Bordearon las tumbas leyendo al azar los nombres de los muertos. Aquellas sombras del pasado hacían renacer la palabra; el lugar representaba el mandato de la vida por excelencia. Abandonaron el cementerio para dirigirse al coche. Al cabo de un momento, Mathilde preguntó:

—¿Dónde vamos? ¿Te apetece que vayamos a un café?

—No. Quedémonos en el coche.

2

Se puso a contar. En toda la mañana no había dejado de llamar al número de Camille. En vano. No compartió su inquietud con nadie, consciente de que la juzgarían desmesurada, pero tenía el pálpito de que algo grave había sucedido.

A la hora del almuerzo decidió pasarse por su casa. Pidió un taxi, que lo dejó al pie del edificio. Buscó el apellido en los buzones, pero no aparecía en ninguno. Seguramente subalquilaba una buhardilla o compartía piso, como tantos estudiantes de Bellas Artes. No había portero. ¿Qué podía hacer? Se quedó inmóvil en el portal un momento. Alguien pasaría, le daría información. No, lo mejor era subir, llamar a todas las puertas. Pero si Camille estaba bien, tal vez se tomara mal aquella irrupción en su hogar; Antoine se había dado cuenta durante la conversación que habían mantenido de que a ella no le gustaba nada que invadieran su intimidad. Era preferible marcharse.

Pero Antoine siguió clavado en el portal del edificio. En el vals incesante de su vacilación se le vinieron a la memoria todos los indicios de la fragilidad de su alumna. Una fragilidad encubierta por los últimos días, en los que se había mostrado segura de sí misma y llena de vida. Pero la otra Camille, la que él había observado durante semanas, no era en absoluto así. Había constatado cantidad de veces que aquella chica estaba impregnada de tristeza o ausencia. Siempre sola, introvertida, a veces más una sombra que una vida, era la clase de chica por la que había que preocuparse si desaparecía unos días. Así que, en definitiva, su sensación no era del todo infundada. Pero Camille solo se había ausentado una mañana. ¿No era algo precipitado apurarse tanto? Antoine estaba perdido entre su intuición y la realidad. Si Camille bajaba ahora (algo que él esperaba con todas sus fuerzas), se burlaría de su exagerada angustia. O peor aún, lo encontraría raro. Una especie de psicópata que se plantaba en su casa porque no respondía al teléfono. Era tan poco propio de él. Louise lo había dejado por eso, de hecho, por su manía de no implicarse nunca del todo en la vida del otro, de quedarse en la superficie, de vivir entre ensoñaciones, así que ¿por qué estaba allí, atenazado por el miedo y el presentimiento?

La verdad se revelaría ahora.
Solo había que esperar un pelín más.
Apenas unos pasos.
Una decena de pasos, no más.
Uno, dos, tres.
Una mujer que se dirigía al edificio.
Cuatro, cinco, seis.
Una vecina que sabía la verdad.
Siete, ocho, nueve.
Abrió la puerta y se topó con un Antoine inmóvil.
Diez.
—¿Puedo ayudarlo en algo? —preguntó.
—Estoy buscando a una chica que vive aquí. Pero no veo su apellido en los buzones.

—¿Busca usted a Camille? —dijo entonces la desconocida con un aire súbitamente serio.

—Sí, eso es.

—¿Es usted de la familia?

—No, soy su profesor en Bellas Artes.

—Lo siento mucho...

—¿Qué pasa?

—Camille... se tiró anoche desde el último piso.

3

Antoine no estuvo en condiciones de dar las clases de la tarde. Volvió a su casa, aturdido. Su piso ya no le parecía compuesto de paredes rectas e idénticas. Su visión titubeante lo volvía todo incierto. Para no caerse, optó por tumbarse en la cama. Se repetía machaconamente la noticia, no podía ser, Camille no, no. Solo podía pensar en el horror de su cuerpo destrozado en el suelo. La sangre que debía de haberse derramado en la acera. ¿Quién había sido el primero en oír el impacto? ¿Alguien había gritado? Todo lo obsesionaba. La víspera, Camille todavía estaba allí, sentada en su clase. Y varias horas después había muerto. No podía uno morirse así. No había derecho, eso es lo que Antoine se decía en la sucesión agotadora de sus pensamientos. Tenía que haber sufrido una conmoción para irse así, con esa brutalidad tan impactante. Antoine imaginaba una pulsión, algo incontrolable, hay que saltar, acabar con todo, ahora mismo, no hay alternativa.

Unos días antes estaba allí, con él, enseñándole sus obras con orgullo; allí estaba, llena de vida y de futuro. Allí estaba, con él, en el café, llena de vida y de futuro. Él le había rozado el hombro, y ahora todo había terminado. Ya nunca más habría un hombro que rozar. No podía ser. No había visto nada, ni presentido nada. Bueno, no, eso no era del todo cierto. Había adivinado la fragilidad de Camille. Todo el mundo era consciente de ella. Camille cargaba con un abismo que intentaba ocultar sin éxito; sí, saltaba a la vista. Pero las cosas habían cambiado en los últimos días. Él no estaba loco. Habían cambiado. Ella había intervenido en clase. Había querido enseñarle sus cuadros. Le había hablado de sus proyectos. Estaba llena de vida y de futuro. Él no estaba loco. Camille daba la impresión de querer pintar y nada más que pintar, se vislumbraban en ella los torrentes de la creación, de modo que no, no había lógica, no era posible que hubiera decidido morir así, tan brutalmente, ella que estaba tan llena de vida y de futuro. No, no podía ser. Tenía que haber pasado algo.

Esa era la frase que Antoine no paraba de repetirse. Tenía que haber pasado algo. Y en el meollo de aquella letanía siniestra recordó un hecho. Un elemento que se le reveló como el acto último que había precipitado la caída de la estudiante. Había sido culpa suya. El responsable era él. Le había devuelto la tarea, y había subrayado las palabras «fuera de lugar». Solo podía ser eso. ¿Cómo explicar si no el curso de los acontecimientos? Él le había devuelto un trabajo subrayando un «fuera de lugar» y tres horas más tarde ella se tiraba por la ventana. Tres horas más tarde, Camille se ponía fuera de lugar.

Le costaba respirar. Se levantó y se puso a dar vueltas por el salón, como un loco. Era él el responsable. Solo podía ser él. ¿Cómo podía haber sido tan inconsecuente? Sabía de la fragilidad de la chica. Sabía que su opinión tenía muchísima importancia para ella, y hete aquí que, de repente, después de haberla ensalzado, después de haberle dicho «creo en usted», le había soltado en la cara que estaba «fuera de lugar». Sin ninguna duda, Camille habría recibido aquella observación como una traición. Se entendían tan bien entre ellos. Él nunca se había tomado un café con ninguna de sus alumnas; y a ella le pasaba lo mismo, lo admiraba; sí, se lo había dicho claramente. Había dicho: «Es usted una verdadera fuente de inspiración para mí», y él la había humillado sin miramientos. Había provocado el desastre. Era evidente que Camille lo había vivido así; no podía ser de otro modo. Antoine repasaba sin cesar la película de los acontecimientos y lo único que veía era una deslumbrante verdad en tres actos: ella había recuperado la alegría, luego él le había dicho que estaba fuera de lugar, y por último ella se quitaba la vida. ¿Cómo no ver la relación? ¿Acaso existía una expresión más terrible? «Fuera de lugar» quiere decir que uno está excluido de sí mismo. Estamos en un lugar, y de repente ya nadie quiere saber nada de nosotros. Estar fuera de lugar es la muerte.

Verdadero o falso, justificado o no, a partir del momento en que se convenció del vínculo entre su nota y el suicidio de la alumna, Antoine ya no pudo dar marcha atrás hacia otra hipótesis, otra verdad. Para él ya no era un interrogante, era una certeza absoluta. Sea como fuere, el suicidio de un ser querido solo puede remitir a la culpabilidad. ¿Por qué no hemos visto lo que se forjaba en el centinela del horror? ¿Habría que haber actuado de otra manera? ¿Pronunciar palabras de consuelo que hubieran salvado un alma quizá no condenada todavía? Ese sentimiento de la responsabilidad del «fuera de lugar» acompañaba al de los supervivientes consternados y aturdidos ante el naufragio que no han visto venir, mucho más amplio. Antoine entró entonces en cuerpo y alma en la obsesión de su culpabilidad. Su sufrimiento iba a revelarse tan potente que daría lugar progresivamente a un hombre muerto por dentro.

Varios días después, no tuvo fuerzas para ir al entierro. Por extraño que pudiera parecer, tras la primera media jornada de ausencia dio sus clases durante casi dos semanas sin que nadie se percatara de su estado. Surcaba las horas de una manera mecánica, robótica, sin humanidad. En clase lanzaba miradas hacia el sitio habitual de Camille. Nadie podía imaginar por lo que estaba pasando. Veía la facultad viva de nuevo, apenas zaherida por el horror del suicidio de una de sus estudiantes. Naturalmente, hubo caras tristes los primeros días, pero habían durado muy poco. Los dramas se sobrevuelan deprisa.

Cuando Antoine decidió huir, nadie lo relacionó con el suicidio de Camille. Patino, sorprendido, intentó sonsacarle los motivos de su marcha. El profesor aludió entonces a un proyecto de novela que no podía esperar. La verdad era muy distinta. Su cuerpo ardía por dentro. Solo la belleza podía salvarlo.

4

Mathilde cogió la mano de Antoine. Le había contado todo del tirón, en el coche estacionado cerca del cementerio. Habló un poco más de Camille, de su talento, del café que tomaron juntos. Con mucha emoción en la voz, anunció:

—Yo tenía la certeza de que su porvenir sería brillante. Ahora me parece absurdo.

—No, tienes razón. Es evidente que esa chica tenía mucho talento.

—...

—Antoine, no me creo esa historia del comentario que ella se tomó a mal. Lo que me has contado de ella demuestra que estaba poseída por unos demonios terribles. Tú no podías hacer nada. Todo lo contrario: creo incluso que tu actitud, tu bondad, fueron sus últimas grandes alegrías. Estoy convencida.

Antoine no respondió. Se le hacía un nudo en la garganta ante aquellas palabras de consuelo. Mathilde prosiguió:

—No puedes seguir así.

—Ya lo sé.

—¿Qué vas a hacer?

—Creo que me gustaría ir a ver a sus padres. Tal vez quieran confiarme algunos dibujos. Podríamos rendirle homenaje en la facultad.

—Qué buena idea —se entusiasmó Mathilde.

Antoine se alegró de su reacción. Dudaba de todo, y necesitaba una especie de validación de sus ideas. La presencia de aquella mujer lo cambiaba todo. Sin ella, jamás habría podido recorrer ese camino. A pesar de su sufrimiento, no había dejado de tomar buenas decisiones, desde Orsay hasta Mathilde, para llegar adonde debía estar: delante de la casa de Camille.

Mathilde había encontrado la dirección en internet sin dificultad. Había bastado con conducir algo menos de diez minutos. Antoine observó el chalet, imaginando la cantidad de veces que Camille debía de haber entrado y salido por aquella puerta. Imaginaba sus trayectos, había dejado huellas de su presencia por todas partes; huellas concretas con sus obras, pero también inmateriales, como el aire que había inspirado y luego espirado, por ejemplo.

—¿Te espero en el coche? —pregunto Mathilde.

—No, vete. Márchate ya, si quieres.

—¿Seguro?

—Sí, sé que tienes que recoger a tus niños. Ya me las apañaré.

—¿De verdad?

—Sí.

—¿Me llamas esta noche y me cuentas?

—Sí, te lo prometo. Ten cuidado por la carretera...

Antoine se acercó entonces a Mathilde y la besó. Pese al doloroso contexto, fue un beso de gran belleza.* Murmuró:

—Gracias, gracias por todo —y se apeó del coche.

Antes de arrancar, Mathilde observó un instante la silueta de aquel hombre que le gustaba.

5

Antoine dudó antes de llamar al timbre de la puerta del chalet, y al final prefirió golpear con la mano suavemente. Tan suavemente que apenas se notó. Tuvo que repetir el gesto tres veces para producir un sonido audible. Isabelle se levantó de su sillón. Desde la muerte de su hija se pasaba días enteros así, postrada. Sus amigos iban a visitarla, y la familia también, porque ya no atendía el teléfono. Intentaban hacerla hablar, le preguntaban qué podían hacer por ella, pero Isabelle solo quería estar sola. Nada podía distraerla, nada podía satisfacerla. Su marido había deseado volver a la carretera enseguida, «para vaciar la mente», en sus propias palabras. A Isabelle aquella expresión le parecía una locura. ¿Cómo va uno a vaciar la mente cuando la tiene obstruida por el suicidio de una hija? Aparte de embruteciéndose a base de pastillas, no habría un solo segundo en el que pudiera escapar de la terrible realidad. A veces se planteaba volver al hospital, entretenerse con el dolor de los demás para atenuar un poco el suyo. Pero era inútil. No había solución. No había salida.

Isabelle descubrió en el umbral de la puerta a un hombre largo y flaco que parecía casi fundirse con el cielo gris

---

* O bien el beso fue de una gran belleza precisamente a causa del doloroso contexto.

del fondo. No le preguntó qué quería, esperaba a que se presentara, de modo que el silencio entre aquellos dos seres humanos podía ser interminable. Al final, Antoine dijo:

—Lamento muchísimo molestarla. Soy Antoine Duris, el profesor de Historia del Arte de... —interrumpió la frase, incapaz de pronunciar el nombre de Camille.

Instantes después, ambos bebían café en el salón. Si bien Isabelle no soportaba las visitas, la de Antoine parecía sentarle bien:

—Camille me hablaba a menudo de usted. Lo apreciaba mucho.

—Era... recíproco.

Antoine se puso lívido en ese momento. Quiso hablar del «fuera de lugar», confesar su sentimiento de culpa, pero no tuvo tiempo de hacerlo. Isabelle empezó a contarle lo que había ocurrido:

—Estaba desesperada, y nosotros no supimos ayudarla. Hice todo lo que pude para que hablara, pero ella nunca se desahogó. Y no supe comprender la magnitud del drama.

—...

—Camille fue violada a los dieciséis años. Encontramos en su estudio una larga carta en la que lo contaba todo.

Isabelle se detuvo un instante, antes de retomar el relato de la tragedia. Lo que Camille había dejado no era una verdadera carta de suicidio para explicar su decisión, sino que se trataba de la narración detallada de su calvario. El texto que la doctora Namouzian le había sugerido escribir.

—Esa mujer se portó de maravilla —puntualizó Isabelle.

De hecho, ella misma había ido a verla varias veces a su consulta. Había sido también un modo de estar más cerca de su hija. Además, en grados distintos, las dos compartían un mismo dolor. La muerte de Camille había conmocionado mucho a la psicoanalista. Ella tampoco podía evitar pensar que tendría que haber encontrado las palabras o los gestos para salvarla.

Todo estaba escrito en la carta de Camille. El nombre del criminal, el modo en que había actuado y la presión que había ejercido sobre ella posteriormente. El horror se describía con serenidad, sin la menor agresividad, sin la menor emoción incluso, solo los hechos, los hechos rememorados con una frialdad extrema. Cuando leyó la carta, Isabelle sintió náuseas, y luego tuvo que vomitar. Se le venía todo a la memoria: aquel miércoles fatal, y cómo las cosas se habían torcido a partir de entonces. ¿Cómo había podido no comprenderlo? Y luego estaba, naturalmente, la terrible culpabilidad: todo había sido culpa suya. Ella la había precipitado a las garras del demonio. Ella había organizado el encuentro con el asesino de su hija. Era demasiado para una madre.

Thierry, por su parte, se había rendido a una cólera terrible. Su primera reacción había sido vengarse. Aquella escoria iba a pagar por lo que había hecho, iba a sufrir. Al padre de Camille le traían sin cuidado las consecuencias, se pasaría el resto de su vida entre rejas con tal de aliviar el alma herida de su hija. Sin embargo, Isabelle, al límite de sus fuerzas, logró disuadirlo. No podría soportar verse sola. Tenían que presentar una denuncia. La carta bastaría. Frente a la angustia de su mujer, Thierry renunció a su proyecto.

En medio de los trámites de preparación de las honras fúnebres, Isabelle y Thierry fueron juntos a la comisaría. Yvan fue detenido ese mismo día, a la salida del trabajo. Ni siquiera preguntó por el motivo de la detención. Se había enterado del suicidio de Camille. Minutos después, pese a que podría haber negado las acusaciones, lo confesaba todo. Y aclaraba que se había cruzado con Camille una última vez, horas antes de su suicidio. Por casualidad, sí, había sido por casualidad, repitió varias veces en una letanía febril. Ante unos agentes de policía estupefactos, acabó incluso por añadir: «También he abusado de Mathilde Ledoux». Se trataba de una alumna de dieciséis años que tampoco había presentado denuncia. La policía fue a interrogarla esa misma tarde, y ella rompió a llorar delante de sus pasmados padres. Estos llevaban un tiempo preocupados al comprobar que su hija no era la de siempre. Se encontró también una primera denuncia contra el violador. En París, veinte años antes, que lo había obligado a abandonar la capital. Fue encarcelado inmediatamente.

Sabine quiso verlo, pero Yvan rechazó la visita. No tenía fuerzas para enfrentarse a la mirada de su mujer. Pasaría muchos años en prisión. Había confesado tan rápido que dejó aún más remordimientos en los padres de Camille. El verdugo de su hija había inventado una patraña sobre un error médico; ojalá ella hubiera podido hablar, contarles todo, contarle todo a la policía. Ojalá. Él habría confesado, como acababa de hacer. Habría habido un juicio. Y la chica, reconocida en su condición de víctima, habría podido recuperarse. Ojalá. Los argumentos de lo que no había existido desfilaban sin cesar por la cabeza de Isabelle.

Antoine había escuchado su relato con estupefacción. Se hallaba ante el dolor de una mujer que iba a vivir con la culpa que se había atribuido. Tenía que ayudarla; sabía hasta qué punto ese peso anclado en el corazón impedía avanzar. Murmuró que había que vivir por Camille. Isabelle no lo había oído. Él repitió:

—Hay que vivir por Camille.

Sí, era fácil de decir. Pero ¿para qué? Pronto, Antoine le explicaría a Isabelle lo que se proponía hacer. Y para ello hacían falta todos los vivos. Hacían falta todos aquellos que habían querido a Camille, pues ella reviviría en cierto modo.

Isabelle reconoció que le sentaba bien hablar con Antoine. A él le pasaba lo mismo. Ella añadió:

—Sabe usted..., la mujer del violador es mi mejor amiga. Está destrozada. Todo el mundo la trata como a una apestada. Pero seguimos hablando. Me da lástima...

Todo parecía tan complicado, elegir qué lugar ocupar entre los errores y el horror, elegir morir o sobrevivir, las errancias se cruzaban. Incluso entonces, Antoine dudaba. Ante el desconcierto de aquella mujer se sentía impotente. Por fin se levantó y se acercó a ella. Le rozó el hombro, como había rozado el de su hija; mediante aquel gesto idéntico, seguramente la vida podría continuar.

Epílogo

El día que Antoine conoció a Isabelle, ella le enseñó la habitación de su alumna. Él había intentado imaginar todas las versiones de Camille en ese espacio. Bebé, niña pequeña, adolescente; toda una vida se recomponía en aquel decorado inamovible. Se acercó al caballete. Los colores, en los tubos, todavía no se habían secado. Este detalle le encogió el corazón. Los fines de semana le gustaba ir a casa de sus padres y pintar. Antoine se encontraba frente a un cuadro inacabado, y nadie sabría nunca qué dirección habría tomado la obra. La muerte detenía también la luz de la inspiración.

Se acercó a un baúl grande de mimbre que había en el suelo. Lo abrió y sacó decenas de *gouaches* que juzgó maravillosos. Pasó casi dos horas examinándolos, interrumpido únicamente por Isabelle, que le preguntaba si tenía hambre. No, no quería comer. No, no quería nada. Solo estar con los dibujos de Camille. Siempre había percibido su particularidad, y lo que había visto en el taller ya lo había maravillado, pero en ese momento, quizá más todavía al saberla desaparecida, estaba deslumbrado. Sufrió la sorpresa, el impacto de reconocerse. Camille lo había dibujado; él se emocionó. Su vínculo había sido tan efímero como profundo, marcado por la rara intensidad de los grandes encuentros.

Al día siguiente, Antoine llamó al director de la facultad de Bellas Artes para comunicarle que había regresado y que pronto reanudaría sus clases, si se lo autorizaba. Patino recibió la noticia con entusiasmo. A decir verdad, Antoine lo llamaba principalmente para organizar el traslado de las obras dejadas por Camille en el taller. Sus padres no habían tenido el valor de encargarse. El decano de la institución, con elegancia, prometió ocuparse del transporte. Isabelle no sabía cómo dar las gracias a Antoine. Pasaron varios días juntos clasificando los dibujos, buscando una coherencia narrativa. Era impresionante ver todo lo que Camille había producido en tan pocos meses. Su madre no daba crédito: «A veces la oía por las noches, pero no podía figurarme esto...». Isabelle casi nunca entraba en el cuarto de su hija; era su territorio cuando estaba viva; desde su muerte, el lugar se había convertido en una especie de tabú. Ahora descubría un terreno casi desconocido que adquiría el aura de un reino mágico.

Thierry volvió a casa para pasar el fin de semana. Su primera impresión fue más bien negativa. Se preguntaba si hacer aflorar el recuerdo de Camille no acabaría por infligir aún más daño a su mujer; remover el pasado, dejarse mecer por la ilusión de que su hija seguía con ellos... ¿No era mejor intentar olvidar? Tirarlo todo, mudarse, huir del más mínimo detalle susceptible de recordarles a Camille. Sin embargo, Isabelle parecía respirar de nuevo, y Thierry terminó considerando a Antoine una presencia beneficiosa. Aquel profesor quería rendir homenaje a su hija en una gran velada. Se proponía incluso que bautizaran un aula con su nombre, para que las generaciones venideras supieran que Camille Perrotin había existido. Pero el descubrimiento de las obras había incrementado aún más su ambición. Ahora quería organizar una exposición en una galería de Lyon.

Antoine conocía a todo el mundillo artístico de su ciudad; dudó entre varios lugares donde podría exponerse la obra de Camille, hasta que por fin se inclinó por la galería

Clemouchka, ubicada en el barrio de la Croix-Rousse. Mantenía muy buenas relaciones con Karine, la directora. Conociendo su sensibilidad, pensó que podría interesarle. La llamó para explicarle su proyecto y, efectivamente, Karine quiso saber más. Había advertido en la voz de Antoine algo así como el preludio de algo importante. No pudo evitar pensar también que la muestra de una chica de dieciocho años que acababa de suicidarse podría suscitar el interés mediático. Siempre estaba bien tener una historia detrás de una obra.

A decir verdad, Karine se olvidó de todo eso cuando descubrió la obra de Camille. Ella y su asistente, Léa, se desplazaron al domicilio de los padres. La intensidad que emanaba de los dibujos las conquistó de inmediato. Karine vio enseguida la coherencia, y sugirió algunas ideas para la exposición.

—¿Me está diciendo que le parece bien exponer el trabajo de... mi hija? —preguntó finalmente Isabelle con un balbuceo. La directora de la galería Clemouchka había olvidado especificar ese detalle, tan evidente le parecía. Isabelle se sentó entonces en la cama de su hija, sobrepasada por la emoción.

A partir de ese momento, las cosas sucedieron muy deprisa. Karine resolvió incluso aplazar la siguiente exposición para hacerle un hueco a Camille. Antoine aceptó encargarse del proyecto en calidad de director artístico. Redactaron una semblanza, imprimieron un catálogo y enviaron las invitaciones. Para el profesor, aquella inauguración marcaría el fin de un periodo muy doloroso; y no solo eso, seguro. Marcaría también el comienzo de una nueva era. Simbólicamente, quiso invitar a las personas que más significaban para él. Entre la multitud de invitados se encontraban sus padres y su hermana. Jamás olvidaría la increíble tenacidad, el apoyo inquebrantable que le había demostrado su hermana. Y también había llamado a Louise. Era importante que ella participara. Louise le había preguntado, sencillamente:

—¿Puedo ir con él?

Antoine había aceptado, por supuesto, y aquella noche descubrió que Louise estaba embarazada. A ella le había preocupado mucho su reacción.

—No sabía cómo decírtelo...

—Felicidades.

—Gracias.

—Me alegro mucho de verte —añadió Antoine.

—Es maravilloso todo lo que has hecho por esta chica. Tiene un talento inmenso.

—Yo no he hecho nada. Lo hizo todo ella.

—Sí.

—¿Va a ser niño, o niña?

—Niña.

Antoine le dedicó una sonrisa. El compañero de Louise se acercó a ella, pasándole una mano por la cintura. Dedicó algunos elogios a Camille, y los dos se perdieron entre los cuadros. Antoine tardaría mucho tiempo en volver a verla.

En ese momento se retiró un poco para observar a los invitados. Los padres de Camille parecían contentos. No paraban de felicitarlos, como si los artistas fueran ellos. Se cogían de la mano para recibir juntos los comentarios entusiastas del público. Sophie Namouzian estaba diciéndoles que toda la sensibilidad de Camille era visible en su trabajo. Y tenía razón. Todo aquello estaba hecho a imagen de la muchacha. Incluso el ritmo. La velada discurrió a una velocidad insólita, ya tocaba a su fin. Varias personas anunciaron que volverían cuando hubiera menos gente para disfrutar con calma de las obras. Karine y su equipo despidieron a los últimos visitantes, y luego la galerista se acercó a Antoine para dejarle las llaves.

—Te dejo que cierres —le dijo con una sonrisa de complicidad. Había supuesto que después de aquella noche Antoine querría quedarse un rato a solas con Camille.

Mathilde también lo había comprendido. Durante toda la recepción se había quedado un poco aparte para no molestar a Antoine. Desde el día en que lo había dejado en casa de los padres de Camille, se habían visto en dos ocasiones. Habían hablado muy poco, y más que nada habían hecho el amor. Le parecía que aquella inauguración era también la de su historia. Amaba a ese hombre, lo había amado desde el principio. Le hizo un gesto con la mano que quería decir: «Te espero en el coche...». Al verla salir de la galería, Antoine pensó fugazmente en las últimas semanas. Al borde de la desesperación, lo había abandonado todo. Solo la intuición de que debía trabajar en el Museo de Orsay le había permitido resistir. Se había informado, había anotado el nombre de la responsable de recursos humanos: Mathilde Mattel. Recordaba perfectamente el momento en que había escrito su nombre. Mathilde Mattel. Ahora entendía que aquel nombre había sido una especie de oráculo que anuncia la posibilidad de sobrevivir.

Antoine Duris se encontraba ahora solo en medio de la galería. Deleite, esa era la sensación que lo colmaba en aquel instante. Se acercó a un dibujo que le gustaba especialmente. Un autorretrato de Camille. La miró a los ojos, le susurró unas palabras, igual que había hablado a veces con Jeanne Hébuterne. Sintió entonces que un soplo le pasaba cerca de la cara, como una caricia.

Este libro se terminó
de imprimir en
Madrid, España,
en el mes de
febrero de 2019

Descubre tu próxima lectura

Si quieres formar parte de nuestra comunidad,
regístrate en **libros.megustaleer.club**
y recibirás recomendaciones personalizadas

Penguin
Random House
Grupo Editorial

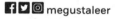 megustaleer